詩の外包

九里順子
Kunori Junko

翰林書房

詩の外包◎目次

I　モダンの街角

Ⅱ　詩の外包

Ⅲ　見えてくるもの

山桜の街角で——後書きに代えて

I　モダンの街角

見せること、隠すこと

仙台の夏も過ぎた。気が付けば秋も深まり、半袖の季節は今年の記憶として遠ざかっていく。暑いから、腕を出す、脚を出す。露出するとは、見られる部分が多くなることだが、イコール見られているという訳ではない。人は、それが美的・エロス的対象である場合、無関心で通り過ぎることなく目を注ぐ。その露出は、暑さ寒さの季節に適応する行為として、許容される範囲に収まっていることが条件である。それを前提に、見られることを意識した見せ方が成立する。

見せるとは、見られたい、あるいは見られてもいい部分を開くことである。我々は、衣服を身に着けて、顔は曝しているが、文化によっては、目の部分だけを開けたチャドルをすっぽりと身にまとう。禁忌の領域は文化によって異なり、顔は見せているのが常態とは限らない。その顔に化粧を施すことも、身だしなみとして当然視されている。我々は、自分の顔を見せているのだろうか、それとも隠しているのだろうか。

過日、『別冊キネマ旬報　ピンク映画白書』（昭44・12）を古書で購入した。「ピンク映画を彩る競艶20人」というグラビア特集がある。モノクロの写真ではあるが、女優たちは、一様に、黒々とアイラインを入れ、付け睫毛と思しき濃く長い睫毛である。しかし、皆、顔が違う。流行りの化粧は、個性の違いを浮き立たせているようである。彼女たちは、裸身でそれぞれのポーズを取っている。顔の印象は体と一体化し、衣服によって中断されることがない。湯浴みする祝真理のお腹の肉はコケティッシュだし、膝を立てて物思いに耽る芦川絵里は、スタイリッシュな顔とシャープに繋がるボディラインを持つ。仲小路慧理は、口許を崩さずに男と交わっているが、尖った乳房はやはりクールだなあと思う。

化粧は、素顔を隠すのではなく、流行りの記号では覆えないものを露出する。顔から首へ、首から胸へ、胸から腹へと流れていく皮膚は、顔の印象を受け止めて、ポーズも彼女たちそれぞれの肉体の癖だと感じさせてしまう。化粧から押し出される紛れもない顔の個体性と、曝しつつも顔の印象に伴われる肉体が、オブジェではない一個の身体として迫ってくる。見せることを前提とした彼女たちの裸身は、見せることと隠すことの表裏一体性を伝える。

我が身を曝すとは、見せる側の計算を超えた、見せると隠すのあわいに立たされることだと思う。見る側の欲望を受け止め、あるいは跳ね返す地点の定まらなさゆえの存在感が、彼女たちからは放射されている。

我々は、社会から弾き出されない範囲で、見られるために、隠しつつ見せる。ピンク女優たちのヌードという肉体の露出は、隠しつつ見せ、見せつつ隠すことが、どこまでも続くこと、その差異こそが固有の肉体であることを教えてくれる。見せること、隠すこととは、それぞれの意識で完結しない、関係性の網の目を映し出しているのだ。

（『鬣』53号　二〇一四年十一月）

一九七二年のさびしさ

かつて日活ロマンポルノと呼ばれた一連の映画は、生に性が突き刺さっている。中でも、田中登の作品は、映像美も含めて鮮烈である。

一九七二年五月に公開された「牝猫たちの夜」は、三人のトルコ嬢（当時の呼称）、ジュン、昌子、おミツそれぞれのストーリーが撚り合わされていくが、中心は昌子である。この映画は、彼女たちが出番前に旺盛に出前のラーメンや丼物をかき込むシーンが、一度ならず出てくる。ジュンとおミツが、体を張って生きるバイタリティと切なさを体現しているのに対し、昌子からは、性を通した生のさびしさが伝わってくる。

「あたしたちだって自分の仕事にゃプライド持ってるんだ」とヒモに啖呵を切るジュン（これはロマンポルノの作り手の声の代弁という気がする）、美容院を開くために蓄財に励み、銀行員の客に貯金を騙し取られるおミツ。トルコ嬢としての位置が明確な二人に対し、昌子の背景は描かれていない。

昌子には、正体不明の男、本多がおり、二人は安アパートの隣り合う部屋で暮している。昌子は薄い壁をコツコツ叩き、本多の自慰が終った後で、男の部屋に行き、交わる。壁を隔てた暮らし同様、互いの性のすべてを囲い込んでいる訳ではない。よく晴れた休日に、「ヒマそうだな。ちょっと付き合えよ」と昌子と新宿のぶらぶら歩きをしても、「じゃあな」と昌子の肩を叩き、繁華街の途中で本多はどこかに消えていく。

本多には、可愛がっているゲイボーイの誠がいる。誠がチコという少女を好きになり、「でも、僕、不安なんです。女の子とセックスしたことないんです」と告白すると、本田はうつ伏せになった誠の背中にサイコロを転がしながら「何とかなるもんさ。難しいこっちゃないよ」と物憂げに応える。サイコロの目のように、出たとこ勝負の生＝性なのだ。

しかし、誠はチコとのセックスに失敗し、絶望的に泣きじゃくる。本多は、昌子に誠と寝てやってくれないかと頼む。「あいつは俺の指みてえなもんだ」という誠は、本多にとって、今はどこかに失われてしまった、外界に敏感に反応し、繋がりをまさぐる初々しい感官なのだろう。

本多がかけるレコードのグレゴリオ聖歌と、「焦っちゃだめよ」と諭す昌子に導かれて、誠は、初めて女性とセックスすることができた。「何とかなっただろう」と声をかける本多。だが、チコとのセックスは、またも失敗に終り、チコは誠に平手打ちを喰らわせて去っていく。

マンション一階の喫茶店で、雑誌を読みつつ笑い転げていた本多は、人だかりの向こうに、血を流して横たわる誠を見る。「難しいこっちゃない」セックスのために、「何とか」ならなかったセックスのために、一人の若者が身を投げて死んだ。サイコロを転がすように転がしていた性から、本多は強烈なしっぺ返しを喰らったのである。それまでの、何をしても醒め切った表情から一転、喫茶店の窓に顔と手を押し当てて慟哭する本多。演じる吉沢健の凄みを感じる。

出番待ちの控え室でジュンたちと花札に興じる昌子に、ご指名の連絡が来る。「誰だろ」。客は本多であった。昌子の強ばった表情からは、この来店が、二人の関係性の掟破りであったことが窺える。「どうぞ、お客さん」と殊更に「お客さん」と呼びつつ、無表情に本多を浴室に案内する昌子。昌子から性技を受ける本多は、鏡に向かって呟く。「誠が死んだよ」。「えっ」と言葉を失う昌子。「誠が死んだんだよ。あいつ、落下傘みてぇに飛び降りやがってよ」と、鏡に洗面器のお湯をぶちまける本多。昌子は、鏡の中の本多に向かって言う。「あたしを抱いて。抱いてよ。抱いて」。

僅かな差異を伴う発語の反復が、感情を立体化していく。昌子は、本多が、金銭を介在させる即物的な客としてでなければ自分を保ち得なかったことを理解したのだ。このメッセージを正しく受け止めた時に、新たな関係が始まる。本多は「よし、抱いてやる」ときっぱり答え、ひたすら体を求め合う二人の長い夜が始まる。ちなみに、二カ月後の次作「夜汽車の女」では、妹（田中真理）から姉（続圭子）への「お姉さま、お姉さま、お姉さま」という甘やかな戯れがラストの姉妹心中でも繰返され、呼びかけの映画へと発展している。

夜が白み始める頃、昌子と本多は、電線が蜘蛛の巣のように掛けられた路地裏で、ふらつきながら抱擁し合う。「なんにも変わりゃしねぇな」と呟く本多。「違うわ。少しは変わったわ」とかぶりを振る昌子。体による心の繋がりは、体を交わしているその時にのみ立ち現れる一回的なものである。言葉に置き換えてみても、それは痕跡でしかなく、繋がりの証ではない。発端である鏡を介した昌子と本多の位置関係は、わたしもあなたも、人は、直接性から隔てられていること、その地点から関わりを始めざるを得ないことを物語っている。

確信を摑めないもどかしさを口にする男と、性の可能性を簡潔に断言する女。性による交わりの深化は、両者のずれがなくなることではない。性が象徴する生の交わりは、常に際どく、危うく、予断を許さない。

ラストシーン、朝日が差してきた銀行のシャッターの前で、本多は地面に崩れ落ち、眠りこけてしまう。本多のポケットからこぼれ落ちた二つのサイコロを自分の靴に入れて軽く振り、靴を履きなおして、「わたし、先に帰るわよ」と手を振りながら遠ざかっていく昌子。運命を軽く揺らしながら、自分の生を生きていく女。生に根差す性は、冷淡さと無邪気さを併せ持つ眼差しと、ふくよかでおおらかな肉体の女優、桂知子を得ることによって、見事に体現された。

（『鬣』54号　二〇一五年二月）

しあわせ、それともかっこよさ

日活ロマンポルノより一足先にスタートしたのが、東映ポルノである。作家性の強い日活の作品に対し、こちらは、娯楽性に徹して、時にそれを突き抜けている印象を受ける。

東映ポルノを支えた監督が、先年亡くなった鈴木則文である。ハードな「女番長」「恐怖女子高」シリーズに対し、「温泉芸者」ものは艶笑喜劇であり、脱力して楽しめる。

鈴木則文の「温泉芸者」ものは、「温泉みみず芸者」（一九七一・七）と「温泉スッポン芸者」（一九七二・七）である。「温泉みみず芸者」は、東映ポルノの二大スターであった、池玲子、杉本美樹のデビュー作であり、池が、多胡家の長女圭子、杉本が次女幸子を演じている。圭子は、母の初栄（松井康子）が男に入れあげて抵当に入れてしまった先祖代々の墓を取り戻すべく、土肥で温泉芸者となる。そこに、「無限精流流祖」を名乗る棹師段平（名和宏）と門弟が現れ、芸者たちの売り飛ばしを企む。圭子、幸子、初栄は、町の人々から切り火で送られ、白装束で段平一行とのセックス勝負に臨む。

予告編に「タコツボ一家の名誉にかけて」という字幕があるように、母娘、姉妹の名器の血の団結が、クライマックスへとストーリーを盛り上げていく。その中心は、長女の圭子である。池の大柄で豊満、他を圧倒する見事な肉体は、女系一族を支え、次代へと繋いでいく母性をも感じさせ、役柄にピタリと嵌まっていた。

二作目である「温泉スッポン芸者」は、時代と共鳴する感度が更に高くなっている。映画は、「沖縄返還本土復帰特別公演」と銘打った、一条さゆりの「若くてチャーミングな」後継者、「三条さゆり」のストリップショーから始まる。沖縄返還と、ストリップの女王、一条さゆりの引退は、祝祭的性質という点で等しく、政治的文脈は風俗に利用されて無化される。映画は、冒頭から、昭和元禄と呼ばれたエネルギッシュな時代の空気を掬い上げている。

この「三条さゆり」、実は京都の名門大学の女子大生（実は偽学生）、浅井夏子を演じるのが、杉本美樹である。夏子は江戸時代から続く老舗のスッポン料理屋「丸浅」の娘であったが、店は倒産、両親も亡くなり、身寄りは、城崎温泉で芸者をしている姉の良江一人である。ところが、偽学生であることが露見してしまい、良江は激昂したまま城崎に戻り、事故死する。「温泉みみず芸者」では女系一家の妹役であった杉本が、ここでは天涯孤独の身の上を演じているのが興味深い。「シャープな新人」（「温泉みみず芸者」予告編）と紹介されていた、細身で鋭利な印象を与える杉本の肉体は、そのような設定がふさわしいのだろう。因みに、「抑揚のない独特のエロキューション」（『和モノ事典』ウルトラ・ヴァイヴ　二〇〇六）と評されている杉本の台詞廻しであるが、良江に問い詰められて、「あたし、学校と名のつくとこ、大っ嫌いなのよ」と吐き捨てた口調は、妙に気合が入っていて、「この人、本当に学校が嫌いだったんだろうなあ」と思わせてしまう。始めに生身の女優ありき、の面白さである。

夏子は城崎温泉に向かい、姉が残した借金の片をつけるために、温泉芸者になることを決意する。置屋のおかみ、富子（三原葉子）の言葉、「頭がいい人は頭を、体がいい人は体を使ってお金を儲ける。それが、あたしの人生哲学なの」に夏子も賛同するのだ。「温泉スッポン芸者」の魅力は、生き方の核心をシンプルに差し出してみせる台詞にもある。

　夏子は、名器が評判を呼んで、売れっ子芸者となる。夏子を追いかけて同窓生の信治が現れ、「ぼく、きみと会うてると、おふくろと一緒にいるような気がするんや」とプロポーズするが、「甘ったれないで」と夏子は拒絶する。「温泉みみず芸者」で、池演じる圭子が、板前の馬島《まじま》（超巨根という設定である）と結ばれた時、「あたしだけがあなたを包んであげることができるのね」と呟くのと、やはり対照的である。

　「スッポン芸者」の噂を聞きつけて、またも、棹師段平と門弟の黒棹段吉、ピストンの健が登場する。芸者たち、そしておかみの富子までが、魂抜け腰抜けとなり、困り果てた町の人々は、夏子にセックス勝負を引き受けてくれるよう懇願するが、夏子は首を縦に振らない。

　そんな時、夏子は、丸浅のかつての板前、倉次郎に遭遇する。倉次郎は、天然のスッポンを探し求めて、ここ城崎に辿り着いていたのだが、見つけることができず、絶望のあまり、首を括ろうとしていた。すんでのところを発見した夏子に詰られた倉次郎は、夏子と揉み合ううちに、河原で結ばれる。驟雨に打たれながら交わるこのシーンは美しい。交わりの後、奇蹟のように、天然のスッポンがゾロゾロ出てくる。夏子は、倉次郎の丸浅再建を助けるために、文字通り、ひと肌脱いで、段平一行とのセックス勝負に挑む決意をする。

　夏子は、見事に段平たちを打ち負かし、一千万円の大金を手にする。しかし、賞金と手紙を、信治と芸者仲間の陽子に託して、自分は飄然と旅に出る。「私は、河原での思い出を一生忘れないでしょう」と手紙にしたためつつ、我が道を行く夏子は、あっぱれ、である。ラスト、芸者姿でバイクに跨り、橋を疾走する夏子のロングショットは、文句なしに爽快でかっこいい。女寅さんというイメージも頭を掠めるが、寅さんのように、ふらりと帰ることができる家は、夏子にはない。復路はなく、「温泉みみず芸者」の圭子のように、さすらいの板前と結ばれるという結末は用意されていない。二大スターそれぞれの肉体に語らせた、しあわせとかっこよさは、今なお二者択一なのだろうか、ふと、そう思うのである。

（『鬣』55号　二〇一五年五月）

地下茎

年の瀬である。南向きの窓から見える台原《だいのはら》森林公園の木々も葉が落尽し、松とひと色に溶け合っている。住宅街は、傾きかけた薄い日差の中にある。「山眠る」を実感する。ものみなエネルギーを蓄えつつ、また生と死が横溢する夏が訪れる。一年がひと巡りするこの時期は、自分の命の在りどころについて、根源的な思いに誘われる。勤務先の大学で六月に行われたキリスト教教育特別集会での講演が蘇った。

講師は、長らく横浜の寿地区で、炊き出しや夜回り等のボランティアをしている牧師の方である。彼女のお話からは、効率性生産性から外れた身体を無きものと見做す昨今の風潮がひしひしと伝わって来たが、中でも次のエピソードが頭に残った。川崎市が、職を失った日雇い労働者を地下街から排除しようとした時、その労働者は「オレも人間扱いしてほしい。オレがこのアゼリアだって市庁舎だって建てたんだ」と叫んだのである。

地下街も市庁舎も、設計だけでは完成しない。実際にその場で体を動かして作業する人がいて形になり、立ち現われる。

労働者の叫びは、我々が生きている世界は、物も人もそれぞれのからだを持つということ、それがあってこそ存在は完成するという事実をストレートに伝える。クリスチャンの伝道師でもあった大正期の詩人、山村暮鳥は、「あをぞらに／銀魚をはなち／にくしんに／薔薇を植ゑ」（『烙印』／『聖三稜玻璃』大4）と怖れも籠めて人間を「肉心」と表現したが、同じ響きがある。

身体から突き上げてきた言葉に、釜ヶ崎の詩人、東淵修が思い浮かんだ。東淵は、昭和五年に新世界で生れ、キャバレーやストリップ一座のバンドマンの後、釜ヶ崎で喫茶「銀河」、古本屋「銀河書房」、アパート「銀河荘」を経営しつつ、詩を書き続けた。手元には、語り下しの自伝『カンカン人生』（彌生書房　昭54）と詩集『釜ヶ崎愛染詩集』（同　昭48）がある。東淵は、『カンカン人生』で次のように言う。

やっぱし、俺、見てなあ、たとえばやな、かすみ町のあの駅の構内でやな、いわゆる労働者の人がな、仕事に行って帰ってくる姿、それがやなあ、けっきょく、足元みたらやなあ、もう仕事に行って来てドロドロやなあ、そのぉ、いわゆる長ぐつが、そのドロドロの長ぐつをやな、けっきょくこう内にあるたった一つのねえ、あらうとこあるわけや、水のでるとこ、そこに足をバァーと出してやな、いっしょうけんめい、水を流して洗うとるわけや、バァーと洗うてね、きれいにしてな。ほんで、こう然とむねはってな、階段をおりて行きよるわけやな。

東淵の語りは、労働者の心身に共振し、リズムを作っていく。「もう仕事に行って来てドロドロやなあ」「そのドロドロの長ぐつをやな」とそのドロドロ感がまず目に飛び込んできて、それから「長ぐつ」と分節化されていく。「そこに足をバァーと出してやな」「バァーと洗うてね」という迸る水と一体化した勢い。いっしょうけんめい働いて、いっしょうけんめいきれいにして、胸を張って帰ること。東淵のリズムは、汗水垂らして働くという言葉の意味を教えてくれる。それは、かの労働者の「人間扱い」という訴えが指し示すものであり、生きる基本的な姿でもある。

東淵は、「そんな姿みたらな、もう僕は、書かんとおられへんわけや、ぜったいに。」「そんなの見てね、書かなんだら、アウトや。」と語る。東淵の詩は、言葉が空間を埋めて立ち上がっていく。

人びとよ人よ人よ人よ　自問のなかで戦するときそれはこの土のなかで眠るという反語であって
　はならない　人よ人よ人よ
人びとよ人よ人よ人よ　詩うことをもう忘れ去ってしまった　人よ人よ人よ
人びとよ人よ人よ　その下に眠る人なみの言葉を天に召しあげてしまった　人よ人よ人よ
人びとよ人よ人よ　その海のただ深いマロマロの言葉のなかで遊泳するものではないぞ　人よ人
　よ人よ
（「生駒霊園」一節／『釜ヶ崎愛染詩集』）

亡き人々への呼びかけは、眼の前の光景を超えて、空と海の時空を呼び込み、歴史的想像力となって戻ってくる。ここから想起されるのは、「人なみの言葉」＝命が奪われ、海の藻屑と消えてしまった、先の大戦の図である。畳み掛けられていく「人びとよ人よ人よ」は、思考停止することへの痛切な批判と抗いを、地上に生きる人々と地下で眠る人々に向けて、遍在するすべての命に伝播していこうとするのだ。地面に根を張り、地中に養分を蓄えた詩人は、生きるとはめいめいの言葉を持つことだとリズムを連打する。

東淵の詩の地下茎感は、同じく釜ヶ崎を舞台にした映画「㊙色情めす市場」（一九七四　監督田中登）に通じる。母も娼婦、父は誰ともわからぬ十九歳のトメは、フリーの娼婦になろうとして土地のヤクザに痛めつけられても、今日を生きていく。トメが唯一愛情を注いでいる知恵遅れの弟、実男《さねお》との夜明けまで続く最初で最後の性交は、いつ果てるともなき反復のリズムが画面に満ちていく。命の地下水が沁み出して溢れている。いつもは投げやりに男に身を任せているトメの身体は、確かに実男を受け止めている。この後、実男は自ら縊れ、トメは旅の青年の誘いを断り、この土地での生を選ぶ。

時おり鉦の音が響くこのシーンは、生と死が分岐する一つの極限である。死の世界に届く地下茎から、われわれは生を知るのである。

（『鬣』62号　二〇一七年二月）

色硝子のムード・コーラス

数年前、通販で『天童よしみの世界・夢唱綴り』を購入した。オリジナル曲も含め、さまざまな歌謡曲を歌いこなす天童の歌唱力は圧倒的であるが、「第三巻　恋路～ムード歌謡を歌う～」を愛聴するようになった。お約束のように入るサックスのビブラートと共に、昭和四十年代のヴォーカル＋バックコーラスの男性グループ、いわゆるムード・コーラスのスタイルが脳裏に甦った。

私は、リアルタイムで、歌番組に出演していた「内山田洋とクールファイブ」や「鶴岡雅義と東京ロマンチカ」を覚えている。ヴォーカル以外のメンバーは、斜め後ろで、時折マイクに口を近づけ、地味にハモる塊りとしか記憶されていない。そもそも、この構成は妥当なのか。「○○と」にあてはまる固有名詞はグループのリーダーであるが、別段リードヴォーカルではないので、鶴岡雅義のようにギターでも弾いていないと、埋没してしまう（長田暁二の解説によれば、鶴岡はレキントギターの名手である）。そして、「○○と」にプラスされる後半部分は、「平和勝次とダークホース」「敏いとうとハッピー&ブルー」「秋庭豊とアローナイツ」等、なぜか横文字カタ仮名である。

こんな疑問を、過日、職員食堂で、経済学が専門の十歳年上の同僚にぶつけてみた。彼は、学生時代いろいろなバイトを体験して、音楽関係者ともお近づきになったらしい。曰く、バックコーラスの面々は、キャバレー廻りの時は楽器を演奏している。テレビ出演の時はちゃんと楽団が控えているし、時間的制約もあるので、楽器は持たないのである、と。

不均衡に思えるメンバー構成の謎は、これで解けた。今度は、その命名である。高護『歌謡曲』（岩波新書　二〇一一）によれば、ムード歌謡とは「ナイトクラブやキャバレーといった夜の社交場のラウンジ兼ダンス用の音楽を生演奏で提供する、小編成のバンドや歌手の編曲法から生まれた音楽」であり、一九五〇年代のラテン・バンド来日を契機にラテン・ブームが起り、「六〇年代には「ラテン音楽」をベースにした形態がひとつのジャンルとして定着した」ということである。なるほど、だから、「黒沢明とロス・プリモス」のように、そもそもは音楽的ルーツを表す命名が、洋物的イメージ、即ち土着ではない、都市の文化的イメージとして記号化されていったのであろう。

ブラウン管の映像の中の彼らは、一様に、時にはラメ、時にはサテンの襟が光るタキシードスーツを着ており、髪は撫でつけられていた。それは、決してファッションの尖端ではなく、洋物というコスチュームの型であった。輪島祐介は、「柳ヶ瀬ブルース」（昭41）を嚆矢とする「地名＋ブルース」という「ご当地ソング」の流行について、「高度経済成長期を通じての地方都市の小都会化、小東京化」という背景を指摘している（『創られた「日本の心」神話――「演歌」をめぐる戦後大衆音楽史』光文社新書二〇一〇）。確かに、その垢抜けなさは、「〇〇銀座」を思わせる。私は、福井県大野市の生まれであるが、京都に倣った町並みは、通りの区画がそれぞれに商店街であり、ご近所の三番商店街は「大野銀座」と呼ばれていた。ご多聞に洩れず、今やすっかり寂しくなってしまったが、かつては、夏ともなれば、七夕を模した吹流しとショウウインドゥと「亀山座」の任侠映画の看板と食堂のサンプルケースに挟まれて、バスが走っていた、そんな光景が目に浮かぶ。地方の繁華街や盛り場に違和感なく収まるムード・コーラスは、大衆の欲望を濃縮還元させた形なのだ。

天童のCD集で「恋路」のサブタイトルが「ムード歌謡を歌う」であるように、彼らが歌うのは、風俗としての恋である。またも、呼び覚まされるのは、六間通りの日吉神社、通称山王さんのお堀の脇にあった色街の名残りである。丸窓格子に混じって、菱形の色硝子を嵌めた建物があった。風雨に曝されたその姿は、まさに歓楽の夢の跡であった。ムード・コーラスのイメージは、この色硝子に溶け合う。西洋への憧れが手の届く形で体現され、ハイカラで艶っぽいお出かけ気分を楽しめる目印としての色硝子。ここには、時代を確かに刻印しつつ、世の移り変りと共に色褪せていく儚さがある。キャバレー廻りと「恋路」。天童のCD集のタイトルは、奇しくも、旅の中に暮しがある芸人の姿と、そこに生きる原型を感じ取っている大衆の直観を掬い上げているようだ。

色硝子と言えば、北原白秋も、故郷柳川を舞台にした抒情詩集『思ひ出』（東雲堂　明44）の中で歌っている。

あはれ、去年《こぞ》病みて失せにし
かの若き弁護士の庭を知れりや。
そは、街の角の貸家の
褪めはてし飾硝子の戸を覗け、草に雨ふり、色紅き罌粟のひともと濡れ濡れて燃えてあるべし。
あはれまた、そのかみの夏のごとくに。

（「断章　三十三」）

土地に馴染む前に亡くなってしまったであろう、「若き弁護士」の幸薄さが偲ばれる。ハイカラな職業に似合いだろうと思われた「飾硝子」の貸家も一つの風景と化している。それは、東京発の文明開化が、好奇と拒絶が相半ばする視線を浴びつつ土俗化していくプロセスを写し取っているようだ。色硝子には、その土地や街の匂いという言葉が似合う。ムード・コーラスまた然り、である。

実家がある七間商店街には、「ほくりく〜、ゆきぐに〜の、大野は都〜」という曲が流れていた。今は昔である。

（『鬣』56号　二〇一五年八月）

骨まで、逢わずに愛して

かつて、テレビは歌番組が花盛りだった。物心ついた頃、「骨まで愛して」という歌謡曲が流れていた。サビの「ほねぇ〜までぇ〜、ほねぇ〜までぇ、ほ〜ねまであっいして、ほっしぃぃの〜よ〜」という連呼も耳底に残っているが、何と言ってもそのタイトルが強烈だった。剝き出しの骨に野太い声が重なっていくイメージが、訴えかけてくる。

その二年ほど後、内山田洋とクールファイブの「逢わずに愛して」に出会った。タイトルが突拍子もなく思えて、前川清が眉を顰めて歌う表情を眺めながら、祖母と笑った。しかし、そのヴォーカルの力も預かって、これまた、笑い飛ばしてしまえない何ものかが残った。

後年、「骨まで愛して」「逢わずに愛して」の作詞者は、共に川内康範であると知って、ああ、なるほどと思った。どちらも、同じ切実さがある。殆んど不可能な事を究極の願望に反転させている。これには、「骨まで愛す」「逢わずに愛す」というモノローグではなく、呼びかけであることも大きい。愛するとは一人では完結しないこと、私とあなたの間にはいつもずれがあるからこそ、声を届けようとし続ける人間の本質を言い止めているのだ。エロス的願望の深さを腸に響くように伝える人物として、川内康範という名前は記憶された。

古書目録に康範の詩集『憤思経』（詩画書房　一九九三）が載っていたので、買い求めた。その序文によれば、康範は、若き日に「日本浪漫派」の詩人として活動したらしい。「日本浪漫派」と言えば、『コギト』（昭9・11）の広告が、鮮烈にその主義主張を表明している。曰く「茲に僕ら、文学の運動を否定するために、進んで文学の運動を開始する。卑近に対する高邁の主張に他ならぬ。流行に対する不易である。従俗に対する本道である。真理と誠実の侍女として存在するイロニーを、今遂に用ひねばならぬ」。
イロニーによる越境と真理への超出という志向性は、集中の作品にも窺うことができる。

約束もなしに
約束をしたと
その約束にこころを縛る。
そんな愛しかたがあっても
わるくはない。

（「愛の糸」1970.7.15　より）

「約束」がないからこそ、ひたむきになるという心は、そのまま「逢わずに愛して」の世界である。

はなればなれの　運命《さだめ》におかれ
愛がなおさら　つよくなる

何が何が　あっても
すがりすがり　生きぬく
ああ　死にはしないわ
逢わずに愛して　いついつまでも

（「逢わずに愛して」第三番）

「何が何が　あっても」「すがりすがり　生きぬく」という繰り返しの畳みかけと相俟って、「逢わずに愛して」という想念は、自己完結ではなく、「死にはしないわ」という生きる力に昇華される。私とあなたの根源的なずれを見据えつつ、あなたに向って開いていく生の肯定があるから、康範の歌詞にはハッとさせられ、すとんと腑に落ちていくのだ。

それは、康範が、「日本浪漫派」の主張を方法論としてではなく、生きる姿勢への示唆として受け止めたからのように思われる。康範は、集中の後年の作でも、次のように述べる。

わからなくなるほど考え
愛に苦しみ
自分のうさん臭さがやりきれなくなって
壁に頭をがんがん叩きつけて
血まみれの手を見ながら

永久未解決――だと考えた時
おれは愛の復活へと歩き始めていた。

（「うさん臭さからの出発」1992.8.5　より）

「永久未解決」という諦念、言い換えれば絶望を断念した地点から物事は始まる。そこからでしか、他人への想像力も生れない。

祈りは　怒号に非ず
旗もいらない
行列もない
ただひたすら
戦わずして死せる人々の悲しみを
われらがこころに通わせることである

（「祈り」1969.5.7 より）

康範の詩は、歌詞よりも説明的で論理的でさえあるが、その分、康範の生き方を支えている思想がわかる。静かな共鳴と熱い叫びは、表裏一体である。

先年亡くなった藤圭子への聞き書きが、沢木耕太郎の『流星ひとつ』（新潮社　二〇一三）である。藤の、物事を真直ぐ受け止め、感じたことを的確に言葉にする力は、心を打つ。

ひもじければ……本当にひもじければ、何でも食べたいし、何でもおいしいよね。本当にひもじかった時の感じが、あたしの体の中にもはっきり残っているみたい。ひもじくて、ひもじくて、あれが食べたい、これが食べたいと思うことがほんとに何度もあった。でも……それは、ちっとも、不幸なことじゃなかった

息継ぎまでも聞こえてくるような、沢木の文章も見事である。藤が語る体の芯で体験したことの意味と、康範が描く世界は、底に降り立つ言葉として響き合っている。

（『鬣』59号　二〇一六年五月）

葦原の女

CD『昭和残唱』(二〇〇五)の大西ユカリは、素敵にカッコいい。ジャケットを開くと、黒い革ジャンに黒革のホットパンツ、黒・赤・白のサイケな柄のブラウスを覗かせ、黒の網タイツ、豹柄のハイヒールで、先の尖った鉄の棒(女番長《スケバン》ものに出てきそうなやつ。何と呼ぶのか)を構えたユカリが、乱れた髪から半分顔を出して、発止とこちらを見ている。ユカリがいるのは岸壁で、水を隔てて向こう岸には、色を抜いたようなトーンで、倉庫やクレーンが続いている。

見開き左側には、やはり、東映スケバンもののタイトルを模したであろう、妙に払いの画に念を入れた扇情的な赤の字体で、「大西ユカリと新世界」、その下に黒で曲名が並んでいる。あざといまでにあの頃の昭和を演出しているが、ユカリは堂々それを受けて立っている。

挿入されたブックレットには、セピアがかったモノクロ写真の中で、錆びたドラム缶(?)に腰を下し、ジャケットの前を合わせて顔を上げるユカリがいる。向こう岸には、やはりクレーンと倉庫群。ハイヒールの足許には丈高く伸びたセイタカアワダチソウやヨモギ。これは、そのまま、小野十三郎の葦原の世界ではないか。

葦の地方

遠方に
波の音がする。
末枯れはじめた大葦原の上に
高圧線の弧が大きくたるんでいる。
地平には重油タンク。
寒い透きとおる晩秋の陽の中を
ユーファウシャのようなとうすみ蜻蛉が風に流され
硫安や　曹達や
電気や　鋼鉄の原で
ノジギクの一むらがちぢれあがり
絶滅する。

「葦の地方」を収めた詩集『大阪』が赤塚書房から刊行されたのは、昭和十四年である。この詩を読んだ時、物質文明が自然を侵食しつつ、原野に戻していくような風景が見えた。現代文明の背後に堆積された時間が頭を擡げてくる。小野の詩は、即物的な力学関係を通して、命あるものの相貌を差し出している。

小野は、『詩論』（真善美社　昭22）の中で、「平城宮址に立ってはるかに蒼茫として暮れゆく大和国原をのぞめば、眼にうつるものは夥しい電柱や高圧鉄塔の群であるが、もしこれらの電柱群がそこに無かったならば、古典なんてものも考えることは出来ない。大和国原に電柱群立するところに、生活につながる私たちの郷愁の如きものがあるのだ。」と述べている。寝て起きて、活動する現代の時間が通うことで、原風景としての古典が立ち上がる。この文章からも、エネルギーを取り込んで消費する活動体として捉える小野の人間観が窺える。ヒューマニズムを超えて、自然や物質と共に世界を構成する粒子として人間を捉える小野の視点を感じるのだ。

小野のそのような眼差しは、象徴的に語られがちな富士山も、物質化する。

石油富士

「霊峰富士の中腹八百米の地下より日産
四千石の噴油を見るべし」

暑い。
暑い。
それはちやうど

あるこんなに寝苦しい晩だつたにちがひない。
夢のお告げに
巫女の二の丸は真赤な浮世絵の富士を見たのだ。
オヤ、なんでありませう。
彼女は思つた。
裾野のあたりから
これは卒倒するやうな真蒼な天に向つて
一すぢ、二すぢ
噴水があがる。
山頂よりも　高く　高く
水芸のやうに爽やかに
きれいなきれいなながめである。

（『風景詩抄』湯川弘文社　昭18）

北斎の赤富士は、噴出する原油によって、再び動き出す。物質に還元することによって、「霊峰」富士山は肉体を回復する。小野の詩は、概念の檻から生身の感触を解き放つ。
小野は、どこかで、詩人の旅は水平ではなく、垂直でなければならないとも語っていた。それは、眼の前の風景がそのように見えてしまう由縁を辿ることである。太古からの時間と活動の只中の現在の時間の十字路として風景を見ることである。

「葦の地方」の「重油タンク」に「ノジギクの一むら」がそよぐ光景は、時代を挟んで、『昭和残唱』のクレーンと倉庫群とセイタカアワダチソウやヨモギに引き継がれている。蕪雑な建造物と繁茂する雑草に囲まれて、大西ユカリの肉体がそこにある。猥雑に動いている現実の中で生きている、儚さと確かさが交わる人間の実在感を感じさせてくれる。

CDの中で、ユカリは、「Hold on,I'm comin'/Just hold on,I'm comin'」とシャウトする（「Hold On! I'm A Comin'」）。持ちこたえてよ、すぐに行くわよ。腹の据わった声が、私に呼びかける。生きて在るこの身体に拠って立つ切実さが響いてくるのだ。


（『鬣』60号　二〇一六年八月）

地球の肉体

かつて「ステージ101」というテレビ番組があった。昭和四十五年一月から四十九年三月まで、私の小学校時代と重なる。それまでの芸能人感満載の歌手とは違って、隣のお兄さんお姉さんが伸び伸びと歌い踊るステージは、ポップでロックな曲調も含めて何とも新鮮だった。緞帳の部屋から風が吹きわたる戸外へ出た感じだった。

ベストCDを聴いて、あの日の場面が甦ったが、記憶の引出しにない楽曲もあった。「本当の名前を　憶えているか／お前が生まれる前からのやつを」で始まる「イニシャルを刻め！」（作詞：及川恒平、作曲・編曲：東海林修）は、「思い出せ　本当の名前を／思い出せ　夢の名前を／思い出せ　歌の名前を／思い出せ　雨の名前を／思い出せ　神の名前を」と塩見大二郎がぐいぐいとシャウトしていく。

俺のイニシャルを　刻み込め
真昼の地球の　真ン中に

すべてのイニシャルを　刻み込め
好きな女の　真ン中に

「俺」とエロティックに交わる地球。肉体を感じさせる地球が印象的だ。一九七〇年代始めは、「地球」がモチーフの歌謡曲が結構ある。「あなたと私は　生まれて来たよ／大きなこの宇宙のなか／地球に地球に生まれて来たよ／蒼く光る星へと」と森山良子が歌っていた「美しい星」（一九七三　作詞・山上路夫）、フォーリーブスの「地球はひとつ」（一九七二）は、「地球を走れば　地球へもどる／東にまわれば　東にかえるさ／まるい地球はみんなのものさ／（略）地球はひとつ　みんなの地球／地球はひとつ　みんなの都、都さ」と四人の軽快な踊りが髣髴としてくる。

「地球はひとつ」の作詞がコーちゃん（北公次）だったとは知らなかったが、いずれもラブ&ピースという時代性を感じるし、俯瞰する視点はモダニズムの系譜でもある。

昭和初年代に大連で発行された詩誌『亜』の詩人、瀧口武士は、タイトルも「地球」という短詩（31号　昭2・5）で地球に跨ってしまう。

緑の球に跨って
人は一日動きます

飛行機に乗って上ったら
夜の洋燈が見えてくる

日本における飛行機の定期路線の開設は、昭和三年五月の今治～大分線である（和田博文『飛行の夢1783～1945』藤原書店　二〇〇五）であるが、詩人の想像力はその一歩先を行っている。

楽器の絃《いと》の一本を指で弾いて鳴らした

音が地球のあちら側から廻はつてきた
音が地球のあちら側から廻はつてきた

竹中郁の「胸と蝶」（『詩と詩論』8号　昭5・6）は、コーちゃんの詞の先駆けのようである。モダニズムの詩人たちは、「地球」をモチーフに遊戯する身体感覚を拡張させたのだ。

「イニシャルを刻め！」の刻み込まれる地球は、モダニズム的な速度と浮遊感とは異質の重さがある。『釜ヶ崎語彙集 1972－1973』（新宿書房　二〇一三）に収められた「地球修理業とか地球の彫刻師とか、土方が自分の職をひねくって呼ぶ場合もある。」（「土方・土工（a）」）という寺島珠雄の言葉に響き合う質感だ。

寺島がこの本の中で引用している、日野善太郎の小説の一節には「頭脳は肉体の一部だ。一日中、酷使された肉体は、夜になって頭脳を使うだけのエネルギイを残さないのが本当だ。」（「土方・土工（b）」）とある。それでも「エキスパートであることを主張する」彼ら。肉体を軸に拠って立つ場を掘り下げていき、足元と地続きの地球を見出したのである。

　釜ヶ崎の’70年代は、労働者たちの暴動が頻発した時代でもある。体を張って生きる「自己の強靭さのみを支えとした自由」（寺島『釜ヶ崎　旅の宿りの長いまち』プレイガイドジャーナル社　一九七八）の現場とヤング１０１のポップな解放空間。懸け離れて見える二つに「刻み込む地球」があることに、身体感覚が共有されていた時代を感じる。高度経済成長と共に公害や大気汚染が明るみに出てきた時代への危機感と謳歌。地球と共振する感覚である。宇宙に浮かぶ「美しい星」である地球は、青空と土の球体である。地べたの感触を足裏に残しながら、肉眼を超える次元にも思いを馳せていたのだ。

　青い地球と土の地球を共に捉えているのが、暮尾淳の「迷子札」（『地球《jidama》の上で』青娥書房　二〇一二）であろう。

いまは気象衛星が空を回っていて
地上の天気は
天下御免
しかし戦火は絶えることなく
あすこでもここでも
迷子たちは泣いていて
今夜の東京は曇り

星は見えず
そろそろのおれの頭は
いつもの飲み屋が見つからずうろうろ
そして地球《ちだま》も
たぶん迷子札をぶら下げたまま。

「ちきゅう」ならぬ「ぢだま」は地面とひと続きであり、この世の情けなさに直結する。それは、宇宙から見た迷子の星でもある。暮尾の飄々とした語り口に「地球」を巡る詩的結実を見る。

（『鬣』65号　二〇一七年十一月）

花は生きている

勤務先の大学の人文館五階には、名ばかりの「大会議室」があり、共同研究の報告会で大抵そこを使っている。隅の木製の棚には、今や殆ど使われていないが、茶道具と共に二本のポットが置いてある。それは、魔法瓶という昭和の言い方がふさわしい花柄プリントである。そう言えば、昔、実家にあった炊飯器にも花柄がプリントされていた。

かつて、身の回りには、花のモチーフが溢れていた気がする。デコレーションケーキと言えば、ピンクのバタークリームの薔薇が踊っていた。小花模様のブラウスもあちこちで見かけた。昭和四十三年の福井国体では、「花いっぱい運動」と称して、サルビアとマリーゴールドを植え込んだ鉢が、七間商店街の店先に配られた。花は、一九六〇年代、高度経済成長期の活力と願望の表れだったように思う。もっと豊かに文化的に美しく、という熱い思いが巷の花々を支えていたのだ。

『くらべる時代　昭和と平成』（おかべたかし・文／山出高士・写真　東京書籍　二〇一七）によれば、卓上ポット（と、この本では紹介されている）は、昭和四十二年に「外側カバーの金属の部分に花柄を印刷したもの」が人気となり、以後昭和のスタンダードになったらしい。大学のポットもそうであるが、その花柄は、明るいパステルカラーの花束である。バラやポピーやマーガレットを思わせる花の周りをプリムラやミモザやスミレを思わせる小花が囲む、なんちゃって洋花であり、無造作に束ねられている。

昭和四十二年と言えば一九六七年。海の向うでは、ラブ&ピースのフラワームーブメントの時代である。ベトナム戦争に反対する若者たちは、身体に花を纏って平和を表現し、ピーター・ポール&マリーは「花はどこへ行った」と唄った。此方日本では、翌年にかけてGS（グループサウンズ）が世を席捲していく。彼らはファッションもユニセックスでスキャンダラスに扱われていた。直立不動、燕尾服の東海林太郎が大好きだった祖父は、ブラウン管にGSが映ると、文字通り眉を顰めていた。小一だった私にも「オックス・赤松愛・失神」が三大噺のように擦り込まれている。そんな中で、ヴィレッジ・シンガーズは「乙女は胸に白い花束を」（「亜麻色の髪の乙女」）と恋人のもとへ駈けるメルヘンを歌い、フォークが擡頭してくると、はしだのりひことクライマックスが「小さなカバンにつめた花嫁衣裳は／ふるさとの丘に咲いてた野菊の花束」と「何もかも捨てた」反体制的な「花嫁」を歌ってヒットさせる。フラワームーブメントは、最新の風俗として消費されたが、野に咲く花の存在を次代に渡したのではないだろうか。魔法瓶の花束の野趣も、目まぐるしく変化する時代の底で共有された感覚のように思う。

土の匂いを残した花々は、「#MeToo」のフラワーデモに繋がっている気がする。今を生きる花は受け継がれていくのである。

（『鬣』75号　二〇二〇年五月）

岩を毀つ

昨秋、国立新美術館で開催されていた「ヴェネツィア・ルネサンスの巨匠展」を観に行った。呼び物の一つであるティツィアーノの「受胎告知」（一五六三～六五頃）は、空が破れて天上の光が奔流となり、輝く大画面が圧倒的であった。赤い智天使が印象的なジョヴァンニ・ベッリーニの聖母子像やティントレットのダイナミックな聖母被昇天像の一方で、肖像画も見応えがあった。ベルナルディーノ・リチーニオの「本を手にした女性の肖像」（一五三〇～四〇頃）は、がっしりした体躯の女性が、右手に本を挟んで画面中央にやや左を向いて立ち、こちらをしっかり見ている。編み込んだブロンドの髪、白いレースの肩口に続く真紅のビロードのドレスには正面から光が当てられている。背景に眼を移すと、女性の左肩の後ろは、画面の向かって右端まで黄褐色のすべすべした石柱が描かれている。画面に占める割合で言うと、三分の一位である。そこから女性の軽く曲げた右肱までは、上部に僅かに茂りが見える暗褐色の岩肌が背景となる。これが画面の残り三分の二であるが、崖の左端が切れて、遠景から近景へと、雲が流れる空、青い山並、半ば緑に覆われた岩あるいは城壁、森の中を曲りながら抜ける道が顔を覗かせている。

これらの暗い色調は、女性の華やかな衣装を引き立たせ、柱と岩の重量感は女性の堂々とした印象と響き合う。対照と調和の妙はわかるのであるが、崖の一部が石柱と化したような、崖が突然屋内に侵入したような、屋内と野外が非連続的に接続しているこの背景は何なのだろう。

岩と女性で連想されるのは、レオナルド・ダ・ヴィンチの「岩窟の聖母」（一四八三～八六頃）である。奇怪な形状で増殖したような岩のアーチの下に、聖母マリアを中心に、向かって左に幼形の洗礼者ヨハネ、右に天使と幼児キリストがマリアのマントに包まれて正三角形を形作っている。小林頼子『庭園のコスモロジー』（青土社　二〇一四）によれば、洞窟は、古代から「生と死の通過点であり、神性が顕現する場としての機能」を担っており、キリスト教世界においてもその表象性は継承されている。レオナルドの「岩窟の聖母」は、新約聖書外典の一つである『ヤコブ原福音書』の洞窟でのキリスト降誕を典拠にしているとのことである。洞窟は生命が生まれ、そこに回帰する神秘的な子宮としての象徴性を持ち続けて来たのである。

これは、洋の東西を問わないであろう。天照大神は天の岩戸から再び姿を現し、川を遡った先の岩の向うに桃源郷は忽然と開ける。洞窟は、生命とエロスに根差した根源的な表象であり、小林が指摘するように、始原と再生の水と繋がる。アングル描く泉の精は、洞窟の前で肩に上げた壺から水を注ぎ続け、鉄斎描く白衣観音は、深山の清流の上の岩に坐る。

しかし、リチーニオの女性は、洞窟と水という豊饒の世界にはいない。壁の上部が穿たれたかのように、崖の裂目からやはり岩がちな景色が奥へ奥へと延びる。壁あるいは崖の崩れは、この女性が神話的存在ではなく、世俗の実在であることの徴ではないだろうか。右手の本は女性の教養と思慮深さを、豪華な衣装は身分を、落着いた表情は経てきた年齢と円熟を示している。これらは、女性の経験から身に備わったものであり、根源的象徴に還元されはしない。

世俗の実在は、世俗に下りた表象性を持つ。遠景の岩とも城壁とも見えたものは、洞窟とも思われる。岩壁から出た道は、別の遥かな洞窟へと続き、野外は屋内へと回帰する。岩壁の毀ちは、女性がその力強い腕で一撃したのかと思ってしまうが、そこから見える景色は女性を今の位置に留めるものである。女性のすぐ後ろにある崖とも壁ともつかぬもの、崖の右端が膨らんで柱になったものは、解放と束縛が混交する十六世紀ヴェネツィアの今なのかも知れない。屋内と野外、安寧と野性が反転し合う真中を女性の体躯が貫いている。

リチーニオの構図は、遠く時代が下ったマグリットにも見出せる。「夢」（一九四五）では、画面の三分の二がサーモンピンクの壁（と言うよりその平面性はスクリーンと呼ぶべきか）で仕切られ、裸体の女性が画面端の直方体の石に右手を懸け、左手にはピンクの薔薇を持ち、眼を閉じて佇んでいる。残り三分の一の画面、女性が右手を懸けた石の向こうには草原、蛇行する川、その上には雲が浮かぶ青空が広がる。肉体と同じボリュームを持った影がスクリーンに映っているのは、時代の隔たりを感じさせるが、属性を示す小道具（本、薔薇）、背景の大部を占める壁、その端に覗く風景と、構成はよく似ている。しかし、マグリットの場合、女性が手にした薔薇は、もはやその人らしさに帰属しない。マグリットが女性の裸体を描く時は妻のジョルジェットをモデルにしたそうであるが、この絵の女性が妻の肖像ではなく、裸体の女性という記号であるように。ルネッサンス絵画の枠組みは、オブジェとしての均質さに変容し、「影」が一番生々しい。

モチーフの一つである石は、「完全なる調和」（一九四七または四八）では、やはりサーモンピンクの室内を占めるほどに巨大化し、形状もよりゴツゴツと岩石らしくなる。左上にアーチ型に空けられた窓からは空と海。石の前には、遠い眼差しの上半身の女性が、裸体で左手を胸の前に上げ、親指と人差し指で木の葉を抓んでいる。

聖なる洞窟は、壁と崖が反転し合う関係性となり、更に、個別のモチーフとして切り離され、再構成されて、自立する二次元の世界となった。人間の最深部に根差す構図を用いつつ解放されていく姿に、脈々と受け継がれていくものを見た。

（『鬣』64号　二〇一七年八月）

〈在ること〉のざわめき

『鬣』六十六号の「同人総会報告」で触れたように、昨年十一月に刊行された西躰かずよし『窓の海光』（風の花冠文庫）の装丁（永井貴美子）は、ざらついたクリーム色と碧がベースになっており、風に曝された海辺の壁を思わせる。真中に印された黒い明朝体のタイトルと響き合って、扉を開くこと＝風景が立ち上がることへと誘い込む。

風景の開口部になっている構図からは、エドワード・ホッパー（一八八二〜一九六七）の絵が連想される。ホッパーは、扉や窓が空間を構成している絵を多く描いている。夜のショウウィンドウだけが輝いていたり（「ドラッグ・ストア」一九二七）白い陽光を浴びていたり（「午前七時」一九四八）、人が不在の幾何学的な画面が、潜在する人を感じさせる。人が描かれている場合は、戸口に佇む女や窓の外を眺める男は、鑑賞者と視線を結ばない方向で、彼方に視線を送っている。あるいは、「コンパートメントC、第193車両」（一九三八）のように、左手の窓から夕映えの森林が開けていても、緑のソファの女は、本を膝に置いて読書に耽っている。描かれた人物は、外界の広がりや不可視の内面、描かれていないものを想起させるモチーフなのである。

ホッパーの絵は、室内に長方形の日差が落ちていたり、壁に斜めに当っていたり、陽光が入り込んでかなりの面積を占めている。タイトルも「朝の日ざし」（Morning Sun　一九五二）「カフェテリアの日ざし」(Sunlight in a Cafeteria 一九五八)「二階の日ざし」(Second Story Sunlight 一九六〇)と「日ざし」が顕著である。

中でも印象的なのは、「海辺の部屋」(一九五一)である。右手に大きく開けられた扉の眼下は紺碧の海である。そこから白壁と床に大きく台形に日が差し込んで、明度のコントラストを作っている。左端に覗く、赤いソファや額がある隣の部屋にも、同じように日が当っている。人影はなく、波立つ海光が風を感じさせる。

室内と屋外が接する空間は、見えない多義性に満ちている。僅かに覗く隣室の調度品は、穏やかな室内を暗示する。人は扉を開いて外を受け入れつつ、扉を閉ざして内なるものを作り上げる。上方から差し込む光は、神の啓示として西洋の宗教画に見られる構図である。この絵の啓示は、この部屋を囲んで彼方へ続く空と海から来る。光が当る何もない部屋は、人の営みの根源的記憶を甦らせる空間である。

開かれた扉や窓の絵は、アンドリュー・ワイエスの展覧会でも見た。エッチングの硬い線で、屋内の工具やカーテンも描かれていたような気がする。洲之内徹は『気まぐれ美術館』(新潮社 昭53)で、土方定一が口にしていた「アメリカン・ビュー」に触れて、「あの、アメリカ絵画に特有の透明で冷たい視覚の謂」と述べているが、遥かなものへの視線、草原や森林や空や海の途方も無さの体感に由来するのかと思う。それは、形而上的な「神」ではなく、直截的な畏怖である。扉、窓、日差で構成される風景は、彼等が世界と向き合い、内なる領域を成立させる際の感受性の表れなのだろうか。

永井の装丁について、佐藤清美は、同じく六十六号の書評で「洗いざらしのジーンズを思わせる。」と述べている。確かにそのような感触もある。静かにそこに在る物、静物である。風景、静物、我々の暮しの中にあって、世界の奥行を感じさせるものである。

風景や静物が「風景画」「静物画」というジャンルとして自立するのは、十七世紀であるとされている。高階秀爾は、その背景には、自然の科学的探究という時代精神があり、画家たちも「真実」の姿を求めて研究を続け、表現領域を拓いていったと述べている（『バロックの光と闇』講談社学術文庫　二〇一七）。

高階は、そのような情熱が生み出したものとして、「スペインにおいて形成された特殊なジャンルである「ボデゴン（静物画）」を挙げている。その究極の姿は、高階も「静謐な力強さでわれわれに訴えかけてくる」と賞している、フランシスコ・デ・スルバランの「四つの壺のある静物」だろう。画面の左から、金属のカップ、陶器の白い壺、素焼きの赤味がかった壺、ずんぐりした陶器の白い壺が、木の台の上に一列に並んでいる。バックは黒一色である。

この黒の効果について、木島俊介は「静物はその奥から現実として顕現するのであり、顕現であるがゆえに、その奥にある神聖な存在とその創造の業とを瞑想させるのである。」と指摘している（『テーマで見る世界の名画6　静物画』集英社　二〇一八）。画僧であったスルバランにふさわしい解説であろう。壺を照らし出す光は、これらの什器が今生れて来たように思わせる。無機物に宿る存在の光。それは、この世に在るという地点に立ち返らせる。

過日、大学の同僚でフランス哲学の研究者である越門勝彦から、大著『哲学すること』（松永澄夫監修　中央公論社）を進呈された。松永の教えを受けた十三人の執筆者たちが、師の思想に向き合ってそれぞれのアプローチをしている。越門は、〈在ること〉と〈為すこと〉という概念を巡って、松永の「行為している自己のそのつどの現在をつくる感受として、在ることとの感受されるざわめきがある。」という文章を引きつつ、〈在ること〉は〈為すこと〉を通して、「世界の知覚でも身体の感覚でもない、いわば第三の質的経験」「価値評価を契機とする感情」を取り込んでいくと論じ、〈在ること〉の根源性と動的な関係性について考察している（「「行為の内面」をめぐる二つの問い――行為者の主観性についての試論」）。静物もまた、存在の本質と生成を捉えようとする人間の眼差しの投影である。

永井の装丁は、見る者をイメージの遡行の旅へと連れ出してくれる。それが表現することの本質である。

（『鬣』68号　二〇一八年八月）

リボン・ケーキ／蝶々結び

調べ物で、戦前の少女小説『少女三銃士』（由利聖子　偕成社　昭16）を読んだ。主人公の松ちんこと小野松子は、母と共に、パン屋の伯父さん宅（木村屋）に寄食しつつ、女学校に通っている。事あるごとに松子に意地悪をするお嬢様グループにも負けずに成長していくストーリーであるが、当時の庶民やブルジョワジーの風俗もわかって面白い。

お嬢様グループのリーダー自由里《じゆり》の母、緒方夫人が、娘のお誕生祝いのために、木村屋にデコレーションケーキを買いに来る件があり、店番をしていた松ちんの母が、「何がよろしゅうございます、あの、リボンケーキか、それともフルーツコンポートか……？」と尋ねる。フルーツコンポート！戦前にも既にあったのか、ハイカラだったんだなあ、と明治以降の西洋の文化の浸透度に感じ入ったのであるが、それ以上に気になったのが、「リボンケーキ」である。初めて聞く名前である。「あいすいません、もう一時間ほどたつと、クリームやチョコレートがかたまりますので出来上がりますけど……」という母さんの台詞から、バタークリームだろうと思われる。パーティの場面でも「リボンケーキのチョコレートの地に書かれたクリームの模様」とある。となると、これは素材ではなく、デコレーションの形態かしらん。

ということで、学内の栄養学が専門の方々に問い合わせてみると、「一般にリボンケーキというのは、ケーキの上にリボン（マジパンなどの）を載せて飾ったものです」とすかさず返事が来た。ネットでは、現代のデコレーションしか出てこないので、大学図書館で、『洋菓子デザイン全集3』（沼田書店 一九六二）なる本を探し出した。

巻頭ページのカラーグラビアを見て驚いた。ホールケーキが六個掲載されているが、いずれも、ピンクのバタークリームのバラがてんこ盛りで、側面に塗られたバタークリームの厚さも半端ではなさそうだ。クグロフ型のケーキは、上面には砂糖菓子あるいはマジパンの兎が跳ね、側面にバラがデコレーションされている。最後の一個はお雛様の菱形ケーキであるが、お内裏様お雛様、それぞれの前にあるミニ菱餅の隣りには同じ大きさでバラが鎮座している。

続くモノクロ写真のページで、ウェディングケーキが紹介されているが、二段、及び三段のケーキは、バタークリームのバラと渦巻きとドレンチェリーで埋め尽くされている。その下には、「佛事用」と真中に記され、文字の周りがバラでびっしり囲まれたホールケーキが掲載されている。

慶弔問わず、事あらば、デコレーションケーキの出番であり、兎にも角にもバタークリームのバラなのである。用途別デザイン例には、「命名式」「子供の日」「入学」は言うに及ばず、「動物愛護週間」「花いっぱい運動」までである。

一九六二年、昭和三十七年は、高度経済成長の時代である。「もはや戦後ではない」と言われたのが、昭和三十一年。このデザイン集のこれでもかというバタークリームの使い方からは、上向きの時代の活力を超えた迫力を感じてしまう。戦時中及び敗戦後の食糧難を体験した人々の、砂糖やバターといった「贅沢品」をふんだんに使い、今度こそ豊かな生活を享受してやるという願望と意気込みが伝わってくる。

くだんのリボンケーキについては、ダイレクトには出てこなかったが、「リボン仕上げ」という項目があった。蝶々結びではなく、新体操の種目のように、ケーキの上に不規則にリボンが踊っている。同時に、ここでも一筆書きのように繋がった三つのバラのデザインがあった！

当時、ケーキ自体、一般庶民は未だ日常的に口に出来なかったと思う。『朝日新聞』の「こどもの日」の特集「子どもの頃　あの味」には、延岡市に住む五十八歳の女性の記事が載っていた。小学校四年生の時、高校の寮から帰省した兄が三百円を呉れて、「うちは貧乏だから無理」と思っていたクリスマスケーキを買うことが出来、そのケーキは、まず仏壇に上げたという。昭和四十年代初めでも、貴重な、まさに到来物だったことが窺える。デコレーションケーキは、憧れの西洋＝文化的生活の一端を体現したお菓子だったのである。豪華、美、文化というファンタジーの西洋だからこそ、リボンは自在に踊り、バラは記号と化す。いつか手が届くであろう夢を満載した、ハレ中のハレのお菓子なのだ。戦時下の物心両面の統制からは解放されて、存分に西洋に憧れ、模倣していいのだ。ひたむきに見上げる眼差しには、切なささえ覚える。

私にも、小学校一年生のクリスマスに、カップデコレーションアイス（五十円だった）を買ってもらった記憶がある。蓋を開けると、薄いグリーンとピンクでバラの花と葉が飾られており、無闇に嬉しかった。田舎なので、都会とはタイムラグがあったのだろうが、ご近所の「亀寿堂」のショーウインドウのケーキの値札が、五十円、八十円、百円と数字を上げていった。バタークリームも、よりうっとりさせる生クリームに変わり、近年では、お約束のバラも余り見かけない。

「少女三銃士」のリボンケーキとは、バタークリームの装飾が波打つケーキだったのだろう。翻って、現在のリボンケーキは、ネットの画像を見ると、シンプルに端正に蝶々結びが飾られている。豊かさを目指して奔放に踊るリボンではなく、生活が流れ出してしまわないように、めでたさを結ぶリボンである。

世にケーキが溢れていようとも、ケーキを買う時は、今でも心が弾む。その時々の、恙無い暮しを楽しみ、明日へ繋ぐ思いがデザインされているのだ。

（『鬣』57号　二〇一五年十一月）

モダンの街角

東京に出かけた時は、御茶ノ水で泊まることが多い。神田川に架かる橋と電車が交差し、不揃いなビルが陽を浴び、時分には川縁に梅が咲く光景が好きである。

私は、その土地の洋菓子店を物色することを楽しみにしている。その名もゆかしき「近江屋洋菓子店」に行くために、聖橋を渡り淡路坂を下って昌平橋から右に曲ると、神田淡路町、須田町界隈である。池波正太郎の随筆の世界だと思って左に入る小路を見ると、青空と高層ビルを背景に、二階あるいは三階建の年期の入ったビルが隙間なく並んでいる。

手前の一軒に眼が留まった。その建物の壁は淡いグリーンのタイル張りである。各階ごとに、白いタイルを芯にした赤いタイルの四角い花が中央に五つ。その上下左右を白いタイルが繋いでいる。三階建てなので、三段になって窓の下の壁に幾何学的な花が開いている。

あ、昭和だ、と思った。単純なのにリズミカルで、鮮やかで、パッと目に飛び込んでくる。福井の実家の冷蔵庫脇に下げてある鍋摑みの柄が目に浮かんだ。母が、若き日のワンピースをバラして作ったものである。グレーの地に、黒、赤、白の楕円の水玉が重なりつつ、離れつつ散っている。

幾何学的なデザインと反復によるリズムは、一九二〇年代に流行したアールデコの水脈と考えていいのだろう。ベヴィス・ヒリヤーは、『アール・デコ』（パルコ出版　一九八六）の中で、「左右非対称《アシンメトリィ》よりも左右対称《シンメトリイ》、曲線よりも直線にむかう傾向のあった古典主義的な様式」であり、「デザインを大量生産の必要条件に適合させることによって、芸術と産業の間に昔からあった争い、芸術家と職人の間に残っていた貴族趣味的な差別を終結させること」が「その究極目標」であると定義している。

誰でもどこでも同じ物が手に入ることは、地域よりも時代性を感じさせただろうし、直線的デザインには加速するスピード感がある。機能的であることが美だという認識も、更新する生活感覚を生み出したであろう。

アールデコの出現は、人々に、都市に同調する身体としての自分を発見させたのではないかと思う。それは現在進行形の、同時代を生きる身体である。

室生犀星が、モダニズムに最も接近した詩集として、『鶴』（素人社　昭3）と『鉄集《くろがね》』（椎の木社　昭7）がある。

白粉の皮、
白粉の骨、
白粉の都、
白粉の叛逆、
地球は白粉の顔を半分羞かしさうに匿し、
その半分を赧めてゐる。

（「地球の羞恥」／『鉄集』）

「白粉」は、「カフェー」の女給たちをイメージしている。都市の底辺で暮す彼女たちの肉体は、記号化されつつも「叛逆」の声を響かせる。それは、そのまま「地球」の身体になっていく。

記号化された都市の身体は、世界のあちこちに動いているという感覚を生み出す。それは、ひと時、自分の存在の重みから解放される浮遊感でもある。しかし、自分の肉体は確実にある。女中との間に望まれない子として生まれ、生後間もなく外に出された犀星は、終生、貧しき人々、底辺の人々に共感的な眼差しを持っていた。犀星が執筆した「モダン日本辞典」（『モダン日本』昭5・11）の「女給」の項目には、「彼女等はヂヤズの中に懐妊してジヤズの中で愛し児を生んだ。彼女たちはダマされまいとしながら何時もダマされ勝だつた。」と書かれている。「ジヤズ」のリズムと快楽の中で、「懐妊」という形で肉体は生身の重さを突きつけるのである。

その一方で、ひと時の浮遊感は、今日を生き明日もまた生きる活力になり得たであろう。真中に白いタイルを置き、横に四枚、縦に四枚、二列ずつ赤いタイルを並べれば大判の花が咲く。飛び石を渡っていくように、体の重さをちょっとだけ預けて、弾んだ気分になっていく。

この三月に帰省した時に、寺町界隈を散策したが、交差する八間《はちけん》通りのとあるお宅の玄関が眼に入って来た。正面の引戸の脇の両壁が、上半分は白い漆喰、下半分は地色が根岸緑、その真中に漆喰に縁取られて茶色の菱形を嵌めた塗り壁になっている。脇壁と、都合三つの大きな菱形が並んでいる。母によると、子供の頃はよく見かけた壁の柄だったらしい。

母が子供の頃と言えば、昭和二十年前後である。幾何学模様の反復に、アールデコの水脈、場所や空間を越えて共有された、単純な原形から生まれた魔法の跡を思った。

犀星は、記号化されない身体に着目したが、肉体の記号への還元に着目した詩人の最右翼は、北園克衛だろう。

白い四角
のなか
の白い四角
のなか
の黒い四角
のなか
の黒い四角
のなか
の黄いろい四角

「単調な空間」（『煙の直線』国文社　昭34）の一節である。ひら仮名の曲線的地の上をクールな四角い色が廻り、動く。モダンの街角はここにも息づいている。

（『鬣』58号　二〇一六年二月）

ずれることから

この夏も、猛暑続きであった。各地での、三十六度、三十七度という連日の予想最高気温にも、はや驚かなくなった。仙台も、お盆を過ぎて三十五度を超えた。

しかし、日はどんどん短くなっている。と言うのも今更である。一時は、マンションの南の出窓に早い時間にしか差し込まなかった朝日も、今は出窓を超えて床の三分の一位にまで達している。今日八月二十九日の仙台の日出は五時三分、日入は六時十一分である。夏至の頃より、それぞれ一時間は前後している。

子どもの頃は、夏休みという一まとまりの時間の中で、お休みが終る情けなさと季節の衰えが同時にやって来た。年齢を重ねて、日の長さのピークと暑さのピークのずれを実感するようになった。樹木もかつての光を弾くような勢いはなく、黒ずんで沈み込んでいる。

光が大気を温めるには、時間がかかる。日差の強さと気温の高さが一致していたら、人間の感受性は単純なものになり、待つという気持ちも生れなかったのではないだろうか。ずれることが待つ時間を作り出し、世界を多層化していく。

過日、知人のお奨めで、W・J・オングの『声の文化と文字の文化』（藤原書店　一九九一）を読んだ。文字の出現が、いかに決定的に人間の思考と表現を変えたかを論じる、根源的で刺激的な書であった。

オングは、声の文化（語ること）から文字の文化（書くこと）への転換について、レトリックの伝統に触れつつ「声の文化のなかでのきまり文句的な思考や表現は、意識の領分にも無意識の領分にも深く浸透しているので、そうしたものになじんできた者がペンを手にしたからといって、すぐさまそういう思考や表現が姿を消すことはない。」と指摘している。書くことが内面化されるプロセスは、「じつにゆっくりとしたもの」なのである。

内面化される時間とは、光と暑さのピークがずれる地球に生を受けた生き物に仕組まれている身体性ではないかと思う。すぐさま取って代わらないことによって、記憶が堆積し、あるいは伏流水となって意識が醸成され、文化という様式が形成されていくのだ。自然のリズムと人間の行動は、待つことを臍の緒として繋がっている。人間は、この身体性に根差して生きる形を営々と作り、受け継いで来たのである。ずれという始まりの地点と待つという成長の時間を忘れた時、人間は目先の欲望を更新し続け、果ては地球を壊してしまうのだろう。それは、既に加速化している。

三十五、三度を記録した日、生協での買い物からの帰り道、切通しには薄がそよぎ、はや野紺菊が咲いていた。ギラギラした青空を見上げると、赤とんぼが群れている。生き物の体に内蔵された秋のスイッチは、着実に働いていた。

（『鬣』61号　二〇一六年十一月）

おすもうさんの鈴

お正月は、いつものように実家に帰り、ご近所の柳廼社《やなぎのやしろ》、通称柳神社と氏子である清瀧《せいりゅう》神社に詣でた。この時期の北陸には珍しく、青空も覗く天気で日差が心地よい。混み合うこともなく老若男女がすれ違う中、石段を上って賽銭箱の前に立ち、綱を手繰って見上げると、改めて、神社の鈴とはなかなかの大きさだなと思った。

鈴と言えば、ちりんちりん鳴るめんこい音と形を思い浮かべるが、神社の鈴は身の回りからはみ出すサイズが重力に抗うように提げられており、ふと我に返れば、赤銅色の丸い面妖なオブジェである。同じ形態のものが小さくも大きくもなり、猫のタマちゃんの首輪について愛玩されることもあれば、神様への願いを籠める媒体にもなる。鈴は、暮らしの中に融通無碍に溶け込んでいる。

われわれは、除夜の鐘を撞いて煩悩を払い、初詣で鈴を鳴らしてこの一年の幸せを願う。去年から今年に移る一続きの行為であり、鐘も鈴も、音を出してあちら側とこちら側を繋ぐ器具ではあるが、その違いが気になる。

笹本正治『中世の音・近世の音』（講談社学術文庫　二〇〇八）によれば、中世から近世にかけて、陣鐘（戦場での鐘）によって、それまで鐘が担っていたあの世とこの世を結ぶ役割が、この世の人間同士を結ぶものとなり、近世の兵農分離によって、村人の紐帯としての寺の梵鐘へ受け継がれたと言う。

童謡に「山のお寺の鐘が鳴る」というフレーズがあるように、他界の入口である山に寺があり、そこで撞かれる鐘が、人間が活動する昼と神々や妖怪が活動する夜の交替を知らせる。あの世とこの世を繋ぐ鐘の音は、共同体の暮しの秩序とリズムを作る時間にもなっていったのである。

これに対し、鈴は、道教に淵源があり、それ自身が神の象徴としての性格を持つ。また、仏教以前の祭祀に用いられたと言う。同じくあの世とこの世を繋いでいても、鈴は太古の神々の記憶を留めており、鐘がこの世の秩序を作る一助を担いつつ水平的であるのに対し、鈴は神と人間の対話を縦に貫いて垂直的であると言えようか。お坊さんの撞く音が体に滲みていき、等しく煩悩を払う鐘と、一人一人が綱を揺らして願いをかける鈴の違いにふさわしい。

鐘は開口部がある釣鐘形、鈴は開口部がなく、球形に細い穴が空けられており、形態でも区別される。しかし、『研究社新英和中辞典』を引くと、'bell' は、「鐘、釣鐘、ベル、鈴、呼び鈴」と訳されており、「鐘」と「鈴」に該当する使い分けはないようである。'carillon''chime' と、音階を作り出す組み鐘を語彙として区別しているのが面白い。神の声を聴くこと、ひいては音声の識別を基準とする文化ということだろうか。

牧場の羊や牛の首についている鈴は釣鐘形であるが、「鈴」であり、「鐘」とは呼ばない。日本の近代詩を宣言した『新体詩抄』（丸屋善七刊　明15）は、翻訳を主とした新たな試みであるが、矢田部良吉がトーマス・グレーのエレジーを訳した「グレー氏墳上感懐の詩」では、夕暮れの田園風景として「遠き牧場のねやにつく／羊の鈴の鳴る響」とある。原詩は 'Tinklings lull the distant Folds'（ちりんちりん鳴る音が遠くの羊の群をあやして寝かせる）である。時代は下って文部省唱歌の「牧場の朝」では「ポプラ並木のうっすりと／黒い底から勇ましく／鐘が鳴る鳴るかんかんと」「霧に包まれあちこちに／動く羊の幾群の／鈴が鳴る鳴るりんりんと」と「鐘」と「鈴」の情景が描き分けられている。笹本によれば、牛や羊につける鈴は災難除けの護符ということであるが、矢田部も「牧場の朝」の作詞者杉村楚人冠も、神の力の個的な賦与という「鈴」のニュアンスをきちんと読み取っていたということだろう。

開いた鐘と閉じた鈴は、公共性と私性をそれぞれ体現しているようだ。願いを籠める鈴は、エロティックなイメージともなる。

鈴に入る玉こそよけれ春のくれ　　三橋敏雄（『眞神』昭48）

何ともなまめかしい。泉鏡花に通じる迷宮的な世界を感じさせる。

鈴は、個と共にあって、もう一つの世界と交感し、抜け穴を作る用具のようだ。一昨年の夏、東京へ、ルネ・マグリット展を観に行ったが、鈴が一貫してモチーフになっているのが印象的であった。初期の「深淵の花」（一九二八）では、暗い谷間に馬の首につける鉄の鈴が数個、暗緑色の葉をつけて一つの花と化している。あるべきところにある筈のものが全く別の場所に移されている違和感と共に、横にすっと線が入ったメタリックな鈴が群がっている感触には、異様なエロティシズムがあった。マグリットのモチーフを集大成した三部構成の大作、「無知な妖精」(一九五六〜五七)では、左側から木の葉の樹木、崩れかけた石の巨大な魚、瞳がない石の女性の胸像、木の葉の雲の中の三日月、相似形の黒と白の家、一番右にその家よりも大きいすべすべした白っぽい鈴が置かれている。その前を馬に乗ったミニアチュールの貴婦人が通っていく。鈴はその人の心に棲み付き、伸縮自在に所を変え、大きさを変えて、意識の底を掻い探っていくのである。

もう十年ほど前になるだろうか。周期的にやってくる大相撲への興味の中にいた私は、国技館に本場所を観に行き、両国の土産物屋を物色した。緑の廻しを締めた焼き物のお相撲さんが付いたキーホルダー、お相撲さんは取れてしまったが鈴は未だ付いている。お相撲さん無しでもご利益がありそうな気がするのである。

(『鬣』63号 二〇一七年五月)

唐獅子牡丹

十一月三日は文化の日だが、ふるさと越前大野の柳廼社《やなぎのやしろ》、通称柳神社のお祭りの日でもある。小さい頃は、前を歩く人の背中を見て参道を進むような状態で、押すな押すなの賑わいであった。その名の通り、古びた柳の先に一対の狛犬が坐り、拝殿がある。喜捨を乞う傷痍軍人の姿が、火影に白く浮び上がり、品評会に出された大輪の菊の鉢もずらりと並んでいた。「水飴はいらんかね」と一番端にひっそりと露店を出す老爺には、子供心にも悲哀を感じた。

帰省した折は、そんなこんなを思い出しながら、柳神社界隈を散策している。ここの狛犬は出雲型でピンと上げたお尻が愛らしく、くりくり巻毛で歯を剥いた仙台狛犬と甲乙付け難い。そう心で呟きつつ、おこまを見上げて、ふと台座に眼が留まった。そこには牡丹と思しき花が、満開と蕾、阿と吽で表裏対になって浮彫りにされている。文字通り、唐獅子牡丹である。そもそもどうして、獅子に牡丹なのか。

図録『獅子と狛犬』（MIHOミュージアム　二〇一四）によれば、神獣の獅子が東漸していく中で、唐代の鏡の文様として、ギリシア系の唐草文様の中を闊歩する獅子から空想上の花・宝相華を伴う唐草、そして牡丹唐草の中の獅子への変遷が見られるという。「唐獅子牡丹」の誕生である。

牡丹唐草に獅子の文様は、仏教を介して日本に入ってくる。浄信寺（長浜市　十三世紀）の「獅子牡丹蝶鳥文様銅鏡」は、波や岩から生え出る小松の上に大輪の牡丹が枝を広げ、一頭の獅子が遊ぶ。空には一対の尾長鳥と蝶。解説は「内外区の関係なく一連の情景描写に仕上げている点は日本的である。」と述べる。供養に用いる「信貴形水瓶」（十三世紀）は、胴の部分に二頭の獅子、胴から頸にかけて牡丹が鍍金されている。蓋のつまみは獅子、蓋と取手を繋ぐのは牡丹の枝と花をかたどった蝶番金具。獅子と牡丹尽しである。解説は、「この水瓶が制作されたのは、平安時代末から鎌倉初期にかけてとも考えられており、わが国にこの組み合わせが定着していった時期を考える上で貴重である。」と述べている。

文様がめでたい風景と化し、向う側の世界の橋渡しになるという点で、謡曲の「石橋《しゃっきょう》」が連想される。寂昭《じゃくしょう》法師が唐に入り、仏教の霊場（文殊菩薩の浄土）である清涼山《しょうりょうせん》に渡る「石橋」のたもとに到る。石橋の云われを語る童子が姿を消すと、文殊の使獣である獅子が牡丹と戯れ舞躍る光景が出現する。

牡丹の花房、匂ひ満ち満ち、大筋力《たいきんりきん》の、獅子頭、打てや囃せや、牡丹芳《ぼたんぼう》、牡丹芳、黄金《こうきん》の蕊《ずい》、あらはれて、花にたはぶれ、枝に伏し転《まろ》び、げにも上なき、獅子王の勢ひ、靡かぬ草木も、なき時なれや、

（『日本古典文学全集34　謡曲集二』小学館　昭50）

紅白の牡丹に頭を振る獅子、何ともダイナミックな絢爛たる光景である。神仏習合の風土の中で、

獅子に牡丹は吉祥として寺社に広まっていったと思われる。

〈石橋〉は、「人間の渡せる橋にあらず、おのれと出現して、続ける石の橋なれば、石橋と名を名付けたり」という、神仏の顕現の徴であり、彼岸へと渡す橋である。実家が氏子である清瀧《せいりゅう》神社の前には小川が流れ、緩やかに隆起した石（コンクリートだが）の橋には「みはし」と刻まれているのも頷ける。「夕陽《せきよう》の雨の後《のち》に、虹をなせる姿、また弓を引ける形」を模しているのだ。

それと共に、清涼山に到る道行の「あまりに山を遠く来て、雲また跡を立ち隔て、入りつる方《かた》も白波の、入りつる方も白波の、谷の川音雨とのみ、聞えて松の風もなし。」という時間の空間的表現とも言うべき圧縮が気になる。清瀧神社には「みはし」があり、狛犬の台座に牡丹の浮彫りはない。柳神社に「みはし」はなく、狛犬は牡丹の台座に坐っている。これらは、石橋と獅子と牡丹の光景を圧縮し、適宜その徴を示したもののように思ってしまう。神仏習合と同様に、土着化した宗教のおおらかさを感じるのだ。ちょいと眼を向ければ此岸は彼岸に変容し、隠れた次元を垣間見ることで、人は今日の連続ではない世界の存在を知る。暮しのあちこちにそのような風穴がある。

清瀧神社の祭礼は五月七日で、初夏の候、これまた参道に多くの露店が並んだものである。すぐに壊れてしまうペンダント、ブローチ、指輪、アクセサリー一式を懲りもせず買ってもらっていた。近年は五日に変更されてしまい、香具師の都合もあってだろう、数えるほどの閑散とした様子になってしまった。その代りかどうか知らないが、宵宮の日はなかなかの音量で演歌を流している。

祭礼に演歌と言えば、香具師たちの仁義の世界を連想してしまう。これまた、子供の頃、健在だった大野銀座の映画館「亀山座」には「兄弟仁義」の看板がデカデカと掲げられており、サブちゃんの顔と「おやっの～血をぉ引っくう、きょうだっあぁい～よりっぃぃも～」の歌声が、任侠映画としっかり繋がってしまった。祭り・演歌・任侠の三つ巴はここに由来する。あるいは、やはり今は無き「松竹湯」に貼られていたポスターかも知れない。今にして思えば、「ある女子高校医の記録・妊娠」「温泉こんにゃく芸者」等、子供の好奇心を開発するポスター満載であった。

私は、切った張った、怒声と血を見る映画は大の苦手なので、健さんの唐獅子牡丹も見聞きしていない。だが、往年の看板やポスターを思うにつけても、唐獅子牡丹が聖と俗を往還しつつ、風景と風俗に浸透したことを感じるのだ。

（『鬣』66号　二〇一八年二月）

恋は水色の洋館

一昨年の「鬣」総会の吟行は、前橋市内巡りであった。前橋の街をじっくり見たのは、この時が初めてである。ハイカラと野性が同居している街だと思った。県庁近くの年期の入った立派な民家の並びが面白く、今は人が住んでいないようにも見える水色の洋館が目を惹いた。

伯母の実家にかつて洋館があった。一本脚の丸テーブルやマントルピース、飾り棚の上の小さな大理石の彫刻の記憶は鮮烈である。そこだけが異空間であり、昭和の現在から、古き良き明治に時間旅行をするような気分であった。

せいぜい中学生の頃までであるが、大野の町にも文明開化の匂いが残っていた。三番通りの上には、もう営業を止めていたが、入船館という旅館があった。六角塔あるいは八角塔の木造二階建てで、かなり剝げていたとは言え、水色のペンキ塗りはかつてのハイカラさを偲ばせた。お城へと続く本町には大野織物協同組合があり、これまた木造で水色の洋館であった。こちらは整備されて「はいから茶屋」というレストラン兼展示会場として活躍中である。現在の色は、よりペパーミントグリーンの色味が強い。

伯母の洋館は漆喰壁であったが、木造洋館と言えばどうして水色に塗られていたのだろう。函館の公会堂も空色に近い鮮やかな水色であったと記憶する。

職員食堂の四方山話でこの話題を持ち出したら、蜘蛛を研究している教員が「その色のペンキを大量に輸入して全国に出回ったんとちがう」と自然科学者らしい合理的な意見を述べた。大学図書館に『歴史遺産　日本の洋館』（藤森照信・増田彰久　講談社　二〇〇二〜二〇〇三）なるシリーズものがあったので見てみると、外壁の仕上げが板を横に重ねて張っていく（「羽重ね」）下見板張りで、「イギリス下見ともアメリカ下見ともいい、明治初年代の漆喰壁にとってかわって明治十年代の擬洋風に広く見られる」（旧土井八郎兵衛邸、尾鷲市・明21竣工）「アメリカの木造住宅に固有の仕上げ」（旧内田定槌・陽子邸、渋谷区・明43竣工）とある。下見板張りが開化の産物であることはわかった。旧土井邸は水色、旧内田邸は白塗りであるが、ペンキの色については触れられていなかった。

長崎盛輝『日本の伝統色』（青幻舎　二〇〇一）によれば、「水色」は「緑みのうすい青」、「空色」は「紫みのうすい青」。「水色は江戸時代を通じて、空色や浅葱と共に夏の着物の色に愛用された。」とある。馴染みの色がハイカラのシンボルのようになっていくのである。

与謝野晶子の『みだれ髪』（新詩社　明34）は「臙脂紫」の章で始まるように、濃艶な色の印象が強いが、水色も好んで使われている。

水にねし嵯峨の大堰のひと夜神絽蚊帳の裾の歌ひめたまへ（「臙脂紫」）
額ごしに暁《あけ》の月みる加茂川の浅水色《あさみづいろ》のみだれ藻染よ（同）
明くる夜の河はばひろき嵯峨の欄きぬ水色の二人の夏よ（「蓮の花船」）

百合にやる天《あめ》の小蝶のみづいろの翅にしつけの糸をとる神（「はたち妻」）
ぬしや誰れねぶの木かげの釣床《つりどこ》の網のめもるる水色のきぬ（「春思」）

第一首から第三首、「水色」には恋人と泊まった宿から見下ろす川面と衣の色が映し出されている。乱れる心は、「加茂川の浅水色のみだれ藻染」（淡い水色で乱れた藻の模様を染め出した着物）となり、水面が衣となって立ち上がる。

第四首は斬新な和装のデザインのようでもあり、第五首は「釣床」、つまりハンモックから垂れている水色の袖であろう。こちらは、和洋折衷、洋館に通じる明治のハイカラな風俗である。和洋折衷と言えば、『於母影』（『国民之友』夏期附録　明22・8）の扉絵も、広げた扇に薔薇と三人の天使が配置されている図であるが、一人は楽譜を持って歌い、一人はバイオリン、一人はなぜか三味線を弾いているのが楽しい。

話が逸れたが、晶子の歌では、水色は切ない恋とハイカラな風俗が溶け合った色である。その恋歌が実感か空想か判然としないと評されているように、ひと時現実を忘れる甘美さがある。

『明星』で鉄幹・晶子夫妻の指導を受けた石川啄木は、水色ならぬ空色で次のような歌を詠んでいる。

空色の鏖より

山羊の乳をつぐ
手のふるひなどいとしかりけり

この歌は『一握の砂』（東雲堂　明43）所収であるが、「新しきサラドの皿の／酢のかをり／こころに沁みてかなしき夕《ゆふべ》」「ひとしきり静かになれる／ゆふぐれの／厨にのこるハムのにほひかな」等と共に、「パンの会」の耽美性に同調しようとした跡が窺える。しかし、都会で生活する自分の悲哀が滲み出てしまうのが、啄木である。この「空色」も絵画的ではあるが、感覚に没入はしていない。対象と距離感を持ちつつ共鳴していく感受性には、ゆらゆらと揺れる水色よりも硬質で遥かな空色がふさわしいのだろう。

切なく甘美な水色は、時代が下って歌謡曲に用いられていく。『不如帰』の浪子を思わせるハンケチが印象的な二葉あき子「水色のワルツ」、更に下って天地真理のデビュー曲「水色の恋」、あべ静江「みずいろの手紙」。いずれも別れや儚い恋、失った恋が歌われている。七〇年代アイドルになると、二葉あき子の切々たる響きとは異なって、架空の物語として完結している。

洋館はなぜ水色かはわからなかったが、そのニュアンスは昭和歌謡に受け継がれている気がするのだ。

（『鬣』69号　二〇一八年十一月）

私の中の少年少女

越前大野の実家は、子ども時代に読んだ本がきちんと本棚に収められている。母に感謝である。帰省した折は、気分に任せて抜き出してみる。アグネス・ザッパーの『愛の一家』か。音楽学校で教えるペフリング先生一家の日々を描いた小説で、十九世紀ドイツの教養小説だったんだな。『少年少女世界の文学18　ドイツ編2』（小学館　昭44）に入っており、金で縁取られた赤い函、色刷りのふんだんな挿絵が、本物を与えようという出版社の気合を感じさせる。『若草物語』で知られているオルコット『美しいポリー』。こちらは、軽装タイプでマゼンダ色のカバーがかけられている。岩崎書店から刊行された『世界少女名作全集』の一冊（第14巻　昭48）である。「解説」によれば原題は「昔気質の一少女」で、消費文明への批判とクリスチャンホームの視座に貫かれており、今にして思えばオルコットの特徴がよく出ている。

と読み返していて、ふと気づいた。シリーズに冠されたタイトルがかたや「少年少女」こちら「少女」。こは如何。『美しいポリー』カバー裏の全集一覧には『愛の一家』も入っている。ついでに見てみると、両シリーズは『アルプスの少女』『赤毛のアン』『家なき子』『秘密の花園』等々、かなり作品が重なっている。強いて言うなら岩崎書店の方は『おちゃめなパッティ』『少女記者ペギー』『町からきた少女』等、少女が主人公の小説が多いということだが、『アンクルトム物語』『小鹿物語』（この二つも両社重なる）『車輪の下』『名犬ラッシー』もラインナップされており、明確な区分がある訳ではなさそうだ。

「少年」「少女」という概念は、並立していたのではない。昭和四十年に刊行開始、平成二年の『総索引』で全百巻が完結した筑摩書房『明治文学全集』には『明治少年小説集』（第95巻）があるが、『明治少女小説集』はない。それに代わるのが『明治家庭小説集』（第93巻）であろう。その中の例えば草村北星『濱子』（金港堂　明35）田口掬汀『女夫波』（金色社　明37）は、共に家庭婦人が儒教道徳的倫理に拠って苦難を乗り越えるという内容である。『女夫波』は「家庭小説」の角書があるが、この巻のタイトルにもなっている「家庭小説」とは、読者の範になるような家父長制下の良妻賢母を描いたもののようである。近代国家の国民たるべき意識を涵養するのが明治期の「少年小説」であるならば、将来の国民を育てる場として、「少年」と「家庭」がセットになる。

先に挙げたザッパーの『愛の一家』は、解説によると「ドイツの代表的な家庭小説」である。刊行は一九〇六年、明治三十九年であるが、ほぼ同時期の彼我の「家庭小説」の隔たりは大きい。『愛の一家』は、高校生のカール、ウィルヘルム、オットー、双子の女学生マリエとアンネ、小学生のフリーダー、就学前のエルゼと、幅広い年齢層の少年少女たちの成長物語でもあり、父と母は子どもたちの年齢に応じて助言し励まし叱り、大人へと導いていくのである。『アルプスの少女』（一八八一）も原題は「ハイジの修業と旅の時代」（"Heidis Lehr-und Wanderjahre"）である。近代ドイツにおいて教養小説が深く根を下ろしていたことが窺えるし、ジェンダーを問わず、大人になるための葛藤や模索を人生の大切な時期として捉えていたことがわかる。

日本の場合、ジャンルとしての「少女」は「少年」に遅れてやってきたと言える。『ニッポン戦後サブカルチャー史　深彫り進化論』（NHK出版　二〇一七）は、大正後期から昭和初期にかけて雑誌ブームが起こり、大衆向けの雑誌が次々と創刊される流れの中で、女学生向けの雑誌として『少女の友』（明41創刊）『少女画報』（大元創刊）『少女倶楽部』（大12創刊）を挙げて、「良家のお嬢様」を越えて多くの少女たちに新しいファッションやライフスタイルの価値観を共有させる媒体として紹介している（「第1章　ニッポン女子高生史」）。この書に先駆けること二十余年、川村邦光『オトメの祈り――近代女性イメージの誕生――』（紀伊國屋書店　一九九三）と併せて読むと、女学校という期限付きの自由な空間を核としてロマンティックな感受性の共同体が作られ、卒業後もアイデンティティを支えていったことが窺える。

「ニッポン女子高生史」が、「女学生」という括りが「女子高生」に変化したのは、戦後の教育基本法の施行（昭22）が契機であると述べているように、制度の変革はジャンルへの眼差し、捉え方に影響を及ぼす。最近『学年誌が伝えた子ども文化史【昭和40～49年編】』（小学館　二〇一八）が刊行され、つい買ってしまった。「学年誌」、それは、男女共学、学年という学校制度に即した教育段階毎の括りである。このヴァージョンは、中学、高校まで続いていく。姉が購読していた『中一時代』（旺文社）やその友人から借りた『中一コース』（学研）には、「幻の一〇、〇〇〇メートル、ヒマラヤのアウネ・カチン山」「アマゾン奥地、巨木によりかかったらそれは大蛇」「一九××年、東京を大地震が襲った」とおどろおどろしい惹句が並んでいた。「いずれにせよ地球が滅びつつあることは確かである。」という結びの断言にいたいけな胸を痛めていたように、数多の男子女子が人類の未来、知られざる秘境からアイドル情報、（森田）健作兄貴のお悩み相談までごたまぜの記事を読んでいたのである。

先の子ども向け名作シリーズの区分の揺れは、このような状況を反映しているだろう。『岩波少年文庫』（岩波書店）『ジュニア版世界の文学』（岩崎書店）『SF少年文庫』（同）と、教養をイメージする少年、総称としてのジュニア、科学ものの気分は少年、と「何となく区分」が錯綜している。

吉澤嘉代子は「私の中の少女が　貴方の中の少年と／見つめあう　見つめあう」と歌う（「ねえ中学生」）。昭和四十年代の子どもには、今でも少年少女が棲んでいる。

（『鬣』70号　二〇一九年二月）

山の遠近法

昨秋、文化の日に友人とハイキングに行った。仙台市民の憩いの場所の一つでもある、近場の水の森公園である。「水の森」と言うだけあって沼を巡る森林であり、キャンプ場では皆さんがバーベキューを楽しみ、芝生の上では親子がシャボン玉に興じ、犬がボールを追いかける。ベンチに坐り、背中を日差しで暖めながら眺めていると、しみじみありがたい。

遊歩道から沼に至る探勝路があちこちに枝分かれしており、何度登っても飽きない。ブナや楢、橡の黄葉のグラデーションを山桜や楓の深紅が引締める。「おーっ」と嘆声を上げつつ鑑賞していると、青空の彼方、樹の間隠れに白い大観音が姿を現した。私と友人は異口同音に「うわっ」と叫んだ。「出たぁ」。仙台市民なら皆知っているであろう、泉区中山にある仙台大観音である。今を去ること二十八年前に、仙台市制百年を記念して一企業によって建てられた。大学の正門からも、まっすぐ西に朝な夕な、どどーんとしたお姿を拝める。ことに夕方は、赤いランプが点滅する巨大なとっくり形シルエットになり、シュールである。しかし、こんなところからも見えるとは。

宮田珠己『晴れた日は巨大仏を見に』（白水社　二〇〇四）は、北海道から九州まで巨大仏がいる風景（「太陽の塔」も含む）の見聞記である。仙台大観音も取り上げられているが、編集者との珍道中も含め、我々が巨大仏から喚起される心性を鋭く掬い上げていて、とても面白かった。それは、「〃ぬっ〃

と何かが異世界から顔をのぞかせている」感じである。不気味さの一方で、「常人には、それがそこにある必然性がまったく感じられず、それどころかその存在が周囲とあまりにズレているために、笑いさえ発生してしまっている風景」即ち「マヌ景」でもある。畏れと笑いを同時に呼び起こす両義性、それが巨大仏がいる風景の得も言われぬ魅力なのである。因みに、仙台大観音の内部にも一度だけ入ったことがあるが、螺旋階段に沿っていろんな仏の像が陳列してあった。その数百八ッ。煩悩を払うご利益がある筈だが、柳腰から元祖ボディビルダーまで彫り分けんとする、彫刻師のヤケクソに近い気合を感じて、目くるめく世界に連れ出されてしまった。

〝ぬっ〟と顔を出す向こう側の存在と言えば、山越《やまごし》阿弥陀である。画集で「山越阿弥陀図」(京都・禅林寺)を見た時、心の底に眠っていたものがもやもやと起き上がって来た。画面の両側から波打つ山。左右の稜線が重なる地点から巨大な阿弥陀が日輪のように(日輪のような光背があるが)昇ってくる。陶酔感を誘う山のうねり、そのリズムを吸い込んで屹立する阿弥陀像。始源の地点に溯る忘我の境地である。七年前の「法然と親鸞」展(東京国立博物館)で現物を観た時は、やっと出会えましたと一人で感慨に耽ってしまった。

その時買い求めた図録の解説には、「山の端にかかる阿弥陀如来の姿は、密教の月輪《がちりん》観に基づく満月をイメージしたものと解釈されるが、同時に十六観の第一日想観で観相される日没ともとれる」とある。月輪にして日輪。矛盾というこの世の尺度を超えた神秘が顕現する。私が連想したのは、入日のような日輪が西の空から昇る図であった。そういえば小さい時に変な夢を見た。おたけさんと呼ばれている、地元大野盆地の西にある飯降山《いふりやま》の端に、地元名産の里芋のような（と言うより皮を剥いた里芋そのものである）生まれたての白い太陽が夕焼けに染まりつつぐるぐる回転しているのである。古《いにしえ》の類としての夢や記憶は遥か後代の個人の中にも組み込まれているのか。

宮田も「山越阿弥陀図」に言及しており、山の向うに阿弥陀如来が描かれたのは、当時の他界観の他に、「もしかすると山があの世の入口だったからというより、そこに山があるというその超自然的な味わいを、たまたま阿弥陀のイメージを借りて表現したのかもしれない」と述べている。

土地が高く高く隆起している「山」は、確かに人知を超えた業であり、古代人が神として崇めたのは頷ける。それ以外にも、盆地で生まれ育った私には、思い当たる節がある。

飯降山は、実家の二階の南向きの窓からも見えた。その南隣の通称ぼうず山と共に、よく晴れた日には青い二つの平行四辺形のように穏やかに空に浮かんでいる。雨が近づくと、あるいは雨が上った直後には、ひとつひとつの樹が手で掴めそうなほど、濡れ濡れと空を遮っている。旧市街の外を流れる赤根《あかね》川辺りに出ると、いつもならお城のある亀山、飯降山の手前にある丁《ようろ》の山、北側の農村地区の大月の山は、この順番で市街地から遠くなるのに、どれも同じように手を伸ばせば届きそうに近く、張り巡らされた岩塊の屏風と化すのだ。

昨年の五月に帰省した折、姉と大野近郊をドライブした。田圃が両脇に広がる舗装道路を走っていくと、二番通りの突き当りにギョウザのように見えていた大月の山がどんどん迫ってきて形も変わってきた。割れ目が入って、ぱっくり口を開けた蒸しパン（母がよく作ってくれた）のようになった。

気がつけば、亀山は玩具の城を載せた離れ小島のようで、飯降山もぼうず山も彼方に退いている。

地上の遠近感を幻惑させ、近づいたり遠ざかったりして現われる異貌は、やはりこの世の尺度を超えた存在を感じさせたのではないだろうか。古人はこの世とあの世を繋ぐ身体を山から感じ取っていたのではないだろうか。

『梁塵秘抄』に「眉の間の百毫は　五つの須弥《すみ》をぞ集めたる　眼《まなこ》の間の青蓮《しょうれん》は　四大海《しだいかい》をぞ湛へたる」という歌がある（巻第二／「仏歌」）。阿弥陀仏の尊顔に凝縮された須弥山と大海。自在に伸縮するあの世の尺度も、山の幻惑の遠近法から得たヴィジョンなのかも知れない。


（『鬣』71号　二〇一九年五月）

マッチを覗く

今でも夏は蚊取線香である。昭和の子供としては、夜空にドカンと花火が揚がる「金鳥の夏」のテレビCMが擦り込まれているせいか、あの薬草っぽい匂いと翌朝綺麗に残る渦巻き型の灰が無いと、夏の実感が沸かない。

という訳で、昨夏、帰省した実家で蚊取線香を点けようとマッチ箱を手に取ったら、あれ、ラベルが違う。お馴染みの人形印ではない。青い馬蹄の中から赤い馬がぬっと顔を突き出している。馬の瞳も青い。その下には白地に青で「兼松日産農林株式會社」。ラベルの地は黄色なので、何とも派手な色の取り合せである。

人形印の地色も黄色だった。正確には上部が赤であるが。くわえた煙草に火を点ける男の横顔の陰影が赤と黒で描き分けられている。男は黒いボルサリーノ帽、白いシャツ、赤いネクタイ、黒い背広。限られた色数の洗練されたデザインは、掌編的な物語性も感じさせる。町田忍が『絶滅危惧浪漫　町田忍博物館』（エー・ジー出版　一九九八）で「フランス映画のような絵」と紹介しているのも宜なるかな、である。こちらは「第一燐寸工業株式會社」。馬印もそうだが、いずれも旧字体で、片や馬蹄の中に白字で「BEST SAFETY MATCH」、此方上部の赤地に黄色く「SAFETY MATCHES」。横文字と旧字体が、戦前にタイムトリップである。特に人形印は、幼い頃から馴染んでいたためか、小粋なデザイン故か、大人の世界の匂いがした。三番通りにあった光林堂という喫茶店から母が買ってきてくれたケーキ、あれに通じるものがあった。それにしても、人形印の男は何処へ行ってしまったのだろう。いつもマッチを買っている小間物屋の仕入先が変わっただけなのか。
人形印にその名残りがあるように、戦前のマッチラベルは、都市の空気を映していた。

きみははるびんなりしか
古き宝石のごとき艶をもてる
はるびんの都なりしか。
とつくにの姿をたもちて
荒野の果にさまよへる
きみこそ古き都はるびんなりしか。
燐寸のレッテルのごとき
数々の館をならぶる
きみは我が忘れもはてぬはるびんなりしか。
はるびんよ
はるびんよ
我はけふ御身に逢はむとす。

後に『哈爾濱詩集』（冬至書房　昭32）に収められた、室生犀星「はるびんの歌」（『中央公論』昭12・12）である。犀星は、朝日新聞に委嘱されて昭和十二年四月十八日から五月二日にかけて、旧満洲、朝鮮を訪れた。生涯で唯一の海外旅行である。かつて帝政ロシアの支配下にあったハルピンは、犀星にとって、トルストイやドストエフスキーの面影を偲ぶ街であり、異国情緒溢れるモダン文化の街でもあった。恋人に対する呼びかけのような犀星の口調には、心の昂ぶりが表れている。「古き宝石のごとき艶をもてる」クラシカルな美とモダン都市を形容する「燐寸のレッテル」。満洲のガイドブックを兼ねた『満洲異聞』（今枝折夫　昭10）にも「露西亜の夜は、キャバレーに、露西亜情緒の花を咲かす」というネオン輝く街頭写真のキャプションがある。

犀星が喩えたように、戦前の店舗広告のマッチラベルは何ともお洒落である。『マッチのラベルポケットのなかの小宇宙』（たばこと塩の博物館　一九九六）を見ると、銀座三越はアールデコ調の交差点の俯瞰図、伊勢丹は、青空とビルを背景に洋装のモガと和装婦人が微笑むヨーロピアンな街角。これが「ＫＡＦＵＥ　ＳＵＩＧＥＴ」だと、ブルーの地に高々と組んだ女の白い脚線美と赤いハイヒールがクローズアップされ、右手に挟んだ煙草の赤い火からは白い煙の曲線。「カフヱータイガー」は、若草色と黒の地に、同じく若草色のカクテルを手にした赤いノースリーブのモガが正面を向くの図。ぐっと艶めいてくる。マッチが常に暮しの中にあった当時、マッチラベルは恰好のポスターであり、都市と家庭を繋ぐ小さな美術品でもあったのだ。

マッチを擦って火をつける行為は、遥かな気持ちを呼び覚ます。先の町田は、「古今東西を問わずマッチの良い点は、火をいとおしむという気持ちがなければ、直ちに消えてしまうはかなさにある。マッチを擦るという行為には、人類が初めて火を手にした時の特別な意味合いがあるように思える。」と述べている。確かに、文明の始源とも言うべき類としての記憶が蘇る気がする。町田が「いとおしむ」「はかなさ」という言い方をしているように、そもそも人間は弱々しい存在であったことも併せてである。火は光と熱を人間に与え、形を変えながら人間と共にあったのだ。

今は姿を消しつつあるが、点せば熱くなった白熱燈も火の進化形であろう。かつての商店街は、店舗の奥に住まいがあった。夜になって、実家の縁側から庭の奥にまっすぐ視線を向けると、町屋格子の中に時おりぼうっと橙色の灯りが点っている。三番通りのミドリヤさんのお便所だ。鈍い灯りはかえって闇が深くなる。昭和四十年代まだまだ一般的だった汲み取り便所は、深い口をあけているものもある。あの灯りがひたすら怖かった。人形印の男の半面が闇に沈んでいたように、火の外は闇で我々の身体を浸すのである。

マッチラベルの扉を押すと、モダン都市の中にあった闇を照らし出す一瞬の火が見える。

（『鬣』72号　二〇一九年八月）

瞼の窓

今住んでいるのは、マンションの八階である。かなり前に造成された団地なので、共有通路から見渡すと新旧の家並みが広がる。それぞれが樹木や植込みや草花を持って日を浴びている姿はいかにも長閑である。

眺めていて気がついた。何時頃が境になったのかわからないが、近年建てられた家は窓が小さく壁に穿たれている。一見アトランダムな配置だが、空気の効果的な環流を計算して設計されているのであろう。引戸ではなく、前後に開閉する型である。二階建てでも下屋がないので、まっすぐすっきり立っている。昭和の家屋でお馴染みのモルタル壁や玄関まわりのタイル張りもないため、すっきり感が際立つのだろう。

しかし、見ていると何だか落ち着かない。住んでいる人からすれば全くの大きなお世話だが、はみ出し感がないのだ。そう思いつつ、改めて古い家を眺めると、窓庇がある。雨や日光の直撃・直射を防ぐ庇が付いていると、窓は生き物っぽくなる。中に住む者とひと続きで家の一部という感じになる。実際に防ぐかどうかは別問題である。実家の洋間にも窓庇があるが、家中でいの一番に雨が入り込んでくる。

十一月の初めに調べものをするため、広島は福山に出かけた。福山から福塩線で木下夕爾の生れた万能倉《まなぐら》に向かう。沿線の家々を眺めていると、窓庇率が高い。日差しに恵まれた瀬戸内地方だからか。窓庇が消炭色やブルーの瓦で出来ているものもあった。瓦が窓の上に波打っている。その下には干柿が吊るされている。窓は人と共に暮らしている。

仙台でも街中へ行くバスの窓から、二階の軒にビニール（?）の庇を付けて柿や玉葱を吊るしている家を見かける。無造作に伸ばしましたという感じが微笑ましい。

古い妻は干鰈を日なたへ出して
その塩かげんをひとりでほめてゐる
日はあたたかくさしてゐる
その影はすぐ足袋ともつれて
ひとむらの篠竹の影と一しよに障子に映つてくる
啼くものは冬の蠅だけである

室生犀星「家」（『星より来れる者』大鐙閣　大11）より

庇のある家は、このような情景を想像させる。光や雨や風と交感する家。外の空間へ暮しを開き、リズムを刻んでいる家。機能の分担ではなく、暮しのリズムがその中を巡り繫がる家。目は心の窓と言うが、窓は家の目であり庇は窓の瞼であろう。瞼を持つ窓は昭和の産物として、程なく懐かしの風景となるのであろう。
秋の日は釣瓶落しである。はや街燈が記号のように点り、その奥に瞼のある家もない家も暖色や寒色の窓の燈を点す。夕映えから黄昏へ移りゆく光景は、遥かな思いを誘う。

(『鬣』74号　二〇二〇年二月)

家々や

勤務先の大学も、前期いっぱい遠隔授業になった。学生の演習発表資料の掲示や課題提出の掲示、対面授業ならば、学生に任せる準備や学期初めの一度の説明で済むことが、毎回の教員の指示に一元化されるので、煩雑なこと夥しい。

遠隔であろうがなかろうが研究室から授業をしている。ネット環境がないこともあるが、自宅にまで仕事を持ち込みたくない。

行きは徒歩だが、なかなかいい息抜きになる。幹線道路ではない仲通りを歩くことが多い。四季の移ろいと共に、家々の顔が見える。あるお宅では、庭石や松の木の元に薔薇や日日草、色鮮やかな洋花のプランターがあり、ラベンダーも植えられている。奥には白いテーブルセットがあるテラス。和風の設計に手を加えていった、その家の時間がある。

あるお宅は、この時期、玉蜀黍にミニトマト、家庭菜園と言うには立派な畝に作物が生長している。柵の側には、赤いグラジオラスとすくすく伸びた向日葵の黄のコントラストが夏そのものである。小さく赤錆びた祠があるところを見ると、以前はお百姓をしていたのだろうか。

かと思えば、樹木も草も伸び放題の廃園と化した家もあり、門扉の「Welcome」のプレート、時々駐めてある自動車が物哀しい。

そんなこんなに思いを巡らせつつ、汗を拭き拭き約二十分、学生がいない静かなキャンパスに到着である。
帰りは遅いので、大抵バス（対面授業がないので、大幅に減便になった）に乗るが、先日、夕明かりが残る時間に研究室を出ることができたので、雨が落ちそうな気配であるが、歩くことにした。あちらのお宅、こちらのお宅の窓にぽつぽつ燈が点っている。摺り硝子に台所洗剤のひょうたん型や鍋も映っている。開け放した障子に夕餉の匂い。子供の声が響く。庭の木々は闇に沈んで、どのお宅の燈も橙色で温かい。それぞれの家族に訪れる日々の幸福をお裾分けしてもらった気分である。
白秋は、「たそがれどきはけうとやな、／馬に載せたる鮪《しび》の腹／薄く光つて滅《き》え去れば、／店の時計がチンと鳴る。」（「たそがれどき」『思ひ出』東雲堂　明44）と、光から闇に移ろう時間に侵食する恐怖をうたった。しかし、燈りの存在は景色を変える。

家々や菜の花いろの燈をともし　　木下夕爾

『遠雷』（春燈社　昭34）に収められた句である。仙台市青葉区桜ヶ丘の黄昏は、夕爾が詠んだ風景そのままであった。

（『鬣』77号　二〇二〇年十一月）

硝子瓶の山水

花瓶代りのビアジョッキに季節の花を挿すのを常としている。正月休みの帰省から仙台に戻って花屋を覗いたら、新年らしく赤い実をつけた千両があった。白と紫のアネモネもあったので、ほくほく顔で買い求め、和洋折衷の初春を楽しもうと卓に飾った。

ひらひらしたアネモネは、数日経つと花弁が反り、縮み、お陀仏になった。ギリシア・ローマ神話の命名譚を思い起させる儚さである。

二枝の千両だけになった一輪挿し（ビアジョッキ）は、趣が異なる。これはこれで、すっきりしている。ハルオ・シラネは、「自然との調和という感性」を作り出したものとして、和歌、寝殿造に始まる日本建築、庭、床の間、いけ花等を挙げている（『四季の創造』角川選書　二〇二〇）。シラネは、「立花の役割は、薔薇の花束のように花に焦点を当てることではなく、木、草、花、川、山、滝、空といった自然の基本要素を再創造すること」と述べており、得心がいった。そもそもビアジョッキで間に合うとは、花そのものを愛でているのではなく、それが喚起するものを味わっているのである。シラネはまた、「立花を体系的に解説した初めての花伝書」である『池坊専応口伝』（一五四二）の序を引用しつつ、「典型的な立花では、木の枝が山を、花瓶が川を、底にある草が野を表現した。」と述べている。甚だ簡略な形ではあるが、ここはひとつ、立花の精神を読み込んでみよう。

朝、一輪挿しを洗って水を代え、二枝の千両を生ける。汲みたての水の表面は粒立ち、千両に朝日が当たると肉厚の緑の葉が下の葉に影を落とす。これは、記憶に馴染んだ光景のミニアチュールだと思った。

実家の庭には、軒近くに青木が植えられ、その奥には蹲と枯山水を模した庭石がある。幼い頃、青木の艶やかな赤い実に目を見張った。冬になると家屋はすっぽりと雪囲いに覆われてしまうが、縁側の硝子戸を開けると、青木の根元に顔を出している湿った土の匂い、積もった雪の匂い、樹木の匂いがする。苔と雪に濡れた庭石の匂いも混じっているのだろうか。雪囲いの隙間から伝わってくるのは、庭という囲われた自然の息遣いであった。雪の中にしんと沈んでいる蹲も枯山水風庭石にも、見えない水が流れ、溢れているのだろう。

青空が覗くと、冬の日は、雪囲いを通して、室内の赤と黒の炬燵掛に縞模様を描く。樹木も、自分と同じように陽を浴びているのだ。亀山のシラカシやウラジロガシ、木の間越しに瀬音を響かせる赤根川もそうだろう。

目の前の対象が凝縮された世界を孕むためには、全身的な体験とその意味を示唆するヴィジョンとの往還が必要である。そこから胸中の山水も硝子瓶の山水も生まれる。

（『鬣』79号　二〇二一年五月）

菫からゴリラ

北園克衛の詩に出会ったのは、小学校三年生の時だった。親が買ってくれた偕成社『少年少女現代日本文学全集』の『現代詩歌名作集』に克衛はいた。小五の姉が「凄い！」と笑っているので頁を見ると、

夜会服
夜会服
夜会服
夜会服
夜会服
面白くない

なんじゃこりゃ。「記号説」という題も魔術めいていた。ご存知『白のアルバム』（厚生閣　昭4）所収作である。「青い旗／林檎と貴婦人／白い風景」「白い食器／花束と詩集／白い／白い／黄色い」という美しい断片の配置は、その後、自分の中でマグリットの「記憶」、石膏の女性頭部が閉じた眼か

ら鮮血を流す図と連動し、シュールレアリズムの風景が拓かれていった。
モダンな美と共に、最後ですとんと落とす脱臼感。デビュー詩集のこの作品には、早くも克衛のお茶目さが出ている。
克衛の詩には、「ヒヤシンス」「リラの花」「カアネイション」「アネモネ」「フリイヂヤ」等、モダンな都市空間を構成するモチーフとして花がよく出てくる。その中で「菫」には、克衛の一方ならぬ思い入れを感じる。

僕は菫の花瓶から朝の水を飲む

（「JABOT」／『若いコロニイ』ボン書店　昭7）

一束の菫の花が
白いスウツのボタンホオルに
恋の形に明るくなる

朝の十時
コオヒイとパンの匂ひが街に流れ
飾窓の菫の花の
そこだけが

（「泥のブロオチ」／『固い卵』文芸汎論社　昭16）

ガラスをよぎるシャルマンな
女の声で影になる

（「春の葉書」／『若いコロニィ（定本）』国文社　昭28）

克衛は、後年、自分の詩集を「古風な抒情集と近代的な抒情詩、それから実験的なもの」の三つに分類しており（『現代日本名詩集大成9』創元新社　昭41）、シュールレアリズムに収まらない多面性が窺えるが、「菫」は「近代的な抒情詩」を代表するモチーフであろう。ここでは、ナイーヴと言ってもいい素直な心の弾みやときめきがある。より実験的な作品でも、「夜／の流行／の／水のなかの孤独／の直線／を引く／菫的の／星的のガラス／の破れ」（「シガレットの秘密」／『真昼のレモン』昭森社　昭29）と「菫」は活躍している。克衛は、自分の詩の中の花は、「ナチュラルな花として用いられているのではない。」（「花と詩」『フォトデザイン』昭30・4）と述べているが、「菫」は、「菫のための菫／それは全くふさはしいのだ」（「夏の心」／『若いコロニィ』）とうたわれる美神である。

三橋鷹女にも、気になる菫の句がある。

菫野に来て老い恥をさらしける（『白骨』昭27）
菫咲く地の一角を鬼門とし（同）
満月の闇にひらいた人喰菫（『羊歯地獄』昭36）
ひた歩む老婆びつしり白すみれ（『三橋鷹女全句集』昭51）

これはまた、何とも凄まじい「菫」である。可憐さは反転して老いを無惨に照らし、残る命に寄生するものとなる。克衛の偏愛と表裏一体かも知れない。季語としても、「菫」に伴うシンボリックなイメージは、見ている自分の感情を意識させ易く、その人の世界の見え方を映すことが可能になる。克衛がナイーヴな抒情を託した「菫」の詩にも、お茶目さは健在である。

菫の花の匂ひのする
若いアミの傍で
洒落たグライダアについて考へる

「僕のグライダアを何いろに塗らうかな」
「ゴリラいろにお塗りなさい」

（「軽いロマンス」／『若いコロニイ（定本）』）

何ゆえに「ゴリラいろ」。菫からゴリラ。くすっと、あるいはずるっと来るこの外し方がいい。克衛に兄事した詩人に、先年亡くなった藤富保男がいる。藤富は、『北園克衛全詩集』（沖積舎　昭61）の解説と年譜を書き、『評伝　北園克衛』（沖積舎　二〇〇三）も刊行している。

藤富の詩は、飄々とした笑いに満ちている。『魔法の家』（芸術研究協会　昭39）は、各作品の冒頭の文字がそのままタイトルになっている。「青い夜を／グラディオウラスの束のように／籠に一杯つめて／どこかに持ちにげした人よ／それを返してくれ」（「青」）は、克衛のリリカルな詩を思わせる都会のメルヘンだし、「夕焼けが来た　紫の衣裳を着て狸をつれて山から僧侶が歩いてくる／狸は柱時計のような顔をしているが　あれは一杯のんできたのだ」（「夕」）は、おとぼけ狸はこの形容しかないと思わせてしまう。

土管のなかをのぞいて待っていた
遂にゴリラが入ってきた

（「土」）

出ました。待ちわびた、かどうかわからんが、とにかく「ゴリラ」。この不条理にぷはっと吹き出してしまう。あがた森魚は、克衛の「菫」を「ミューズの影の如き淡い哲学を秘めた「菫」という概念」（『彷書月刊』二〇〇二・一二）と評しているが、ミューズはゴリラが飛び出す玩具箱でもあるのだ。

（『螢』67号　二〇一八年五月）

始まりの想像力

八月の終りに帰省し、墓参した。残暑厳しい中にも、川面の光や岸辺の葦に射す陽は、秋の色である。橋の上からふと、空を見上げると、面白い形の雲が浮んでいた。背中は駱駝、首は龍。もぞもぞカメラを取り出していると、はや龍の首は痩せ細り、あっという間に崩れてしまった。何とも移ろいやすい。

子供の頃も、雲を何かに見立てるのは楽しかった。世界がぐっと親しみ深いものに変わる。こんな気持ちを描いてくれたのが、『週刊新潮』の表紙絵でお馴染みだった谷内六郎である。祖母が定期購読していたが、こけしに似た人物の顔、柔らかく単純化された形と共に、画家の名前が摺りこまれたのである。『谷内六郎展覧会』（新潮文庫　一九九六）に集められた表紙絵と言葉は、見立てることの秘密に満ちている。

ぼくなど小さい時よく蚊帳の中に蛍を放してあそびました。今はあまり蚊帳や蛍を見かけないようです、でも夜の汽車で山村を過ぎる時など、窓外に点在する農家の中に青い蚊帳が見えたりします、寝ながら蚊帳の天井を見ていると青い麻は深い山となり、赤いへりのところは峠道に見えたりします、

（「かやの峠道」1962.8.20）

目の前にあるものが連想を呼び込み、今、目の前にないもののイメージと重なってもう一つの風景が立ち上がる。それは、私に固有の風景であり、世界である。見立てることは、自分と世界に橋渡しをする始まりなのだ。
子供は、見立てによって橋渡しの喜びを知っていく。生涯の殆どを福山で過した抒情詩人、木下夕爾の『児童詩集』（木靴発行所　昭30）収録詩にも、発見の新鮮さがうたわれている。

いなかの夜は
まつくらだ
おしようゆのいろに
にている
土蔵のかべだけが
しろい

おしようゆのなかの
とうふのように
ぼんやりしろく
うかんでいる

真っ暗でこわい田舎の夜に、おしょうゆととうふのメルヘンが見える。闇の深さは、暮らしの中の食べ物を介して内なる風景に転回する。見立てることで、自分の外側にある世界のよそよそしさが消える。

谷内の絵、夕爾の詩は、我々が世界と交わっていくための始まりの想像力を伝えてくれる。

（『蠹』73号　二〇一九年十一月）

何となく、西行

明治二十年代後半、うら若き近代日本の浪漫主義を担った雑誌『文学界』のメンバー、北村透谷や島崎藤村の詩には、西行の面影が揺曳している。読むこちらにも、漂泊の歌人西行のイメージが慕わしくなっていくせいか、桜の時節には「吉野山こぞのしをりの道かへてまだ見ぬかたの花を尋ねむ」、雪が降ると「さびしさに堪へたる人の又もあれないほりならべん冬の山ざと」が季節に寄せる心を代弁してくれている気持ちになる。

以前、ざっくり『山家集』に目を通した時も、すっと素直に心に入ってくる歌集だと思った。改めて読んでみると「何となく」で始まる歌が多い。

何となく春になりぬと聞く日より心にかかるみ吉野の山
何となく軒なつかしき梅ゆゑに住みけむ人の心をぞ知る
何となくおぼつかなきは天の原かすみに消えて帰る雁がね

岩波文庫を十ページ読み進めただけで、これだけ出てくる。口語的な「何となく」が、人がある対象に魅かれていく言葉以前の状態を的確に言い当てている。言えそうで言えない、初めから心の芯に沿って読み下しているような調べである。同じく新古今の歌人たちの「霞立つすゑのまつやまほのぼのと波にはなるるよこぐもの空」（家隆）「春の夜の夢のうき橋とだえして峯にわかるるよこぐもの空」（定家）の夢幻性を置いてみると、この衒いのなさは不思議な程である。

先人も注目しており、「「なにとなく」とか「おのづから」「さらぬだに」と云ふやうな至極軽易の語脈を以て起し、充分の余裕味と暢達味とを伝へ得た佳作にも乏しくない。」（齋藤清衛『山家集研究』新潮社　昭11）「よほど柔軟な心を持たなくては、このように素直な歌は詠めなかったであろう。」（白洲正子『西行』新潮社　昭63）と述べている。西行は、なぜ、さらりと「何となく」で始めることができたのだろう。

これまた、ヒントになる考察を先人が残してくれている。「惟ふに西行と云ふ法師は、殆ど寸時も自己凝視の心理から離れ得なかつた人間らしい。」（齋藤）「荒野に繊細な眼がみいだしたかすかな美的形象から、さらにはおのれの「心」の在りようを探る思想詩人でもあった。」（山木幸一『西行の世界』塙新書　昭54）。西行の目と耳が、心とどのような経路を持っているのか、ということになる。

山木は、西行の「微妙な眼があり耳がある」例として「夕されや玉うごく露の小ざさ生《ふ》に声まづならす蛬《きりぎりす》かな」「あき風に穂ずゑ波よる苅萱の下葉に虫の声乱るなり」を挙げている。景物の概念的な埋め込みではない、観察的な感性がはたらいている。

観察と言っては、客観的に過ぎるだろう。「きり〴〵す夜寒になるを告げがほに枕のもとに来つつ鳴くなり」「霜うづむ葎が下のきり〴〵すあるかなきかに声きこゆなり」と、命あるものに共鳴する感度が高いのである。

つらなりて風に乱れて鳴く雁のしどろに声のきこゆなるかな（秋歌）

西行は「風に乱れて鳴く」で収めず、「しどろに」という整わずに乱れている音色も重ねていく。目に映ったものを耳が支えることで風景が立ち上がると共に、全身を澄ましてこの景色を捉えている西行が見える。西行は自分の身体を通して対象と向き合っている。

小山田の庵近く鳴く鹿の音におどろかされておどろかすかな（同）

向き合う身体は、「おどろかされておどろかすかな」と反作用も見逃さず、鹿という典型的な秋の景物は命あるものと出会う現場となる。

篠原や霧にまがひて鳴く鹿の声かすかなる秋の夕ぐれ
隣ゐぬ畑の仮屋に明かす夜はしか哀れなるものにぞありける
しだり咲く萩のふる枝に風かけてすがひ〳〵にを鹿なくなり

鹿を詠んだ一連の歌の後に次の歌が来る

何となく住ままほしくぞおもほゆる鹿のね絶えぬ秋の山里

霧、仮住まい、吹き来る風、それぞれの場面で西行の耳は、鹿の音色を聞き分ける。それは、自分も鹿も同じ場面の中に立ち会っているという感受性である。共に立ち会いつつ心無きものにも心を見出していく体験の中から、「何となく」という言葉が生れるのだ。それは、心を受け止める命の在処を感じ取った言葉である。命が発する声の振幅を聞いてきた言葉である。西行は、「吹きわたる風も哀をひとしめていづくも凄き秋の夕ぐれ」と烈しい哀れを詠む一方で、「雲雀たつあら野におふる姫ゆりのなににつくともなき心かな」(釈教歌)と曖昧なる姿も詠んでいる。これは、「心性さだまらずといふことを題にて、人々よみけるに」という題詠であるが、詞書に回収されない、ゆらゆらと頼りなげに首を振る小さな百合の姿が浮んでくる。

近代にも、弱りゆく虫の姿を凝視した詩人がいた。室生犀星は、毎夏虫を飼っていたが、『虫寺抄』(博文館　昭17)には、一匹の蟋虫が秋も深まって息絶えるまでの様子が、日記体で克明に描かれている。「そとは満月、今夜ぢゆうに野のものは野に還るのであらう、月の明るいのは彼の還る道を一層明るくして歩きよいやうにしてくれるであらう。」という件は、霜夜のきりぎりすに耳を澄ます西行の姿が重なる。漂泊の歌人西行からは、共に命ある者として同じ時間に立ち会っているという感受性の系譜も流れているように思う。

（『鬣』76号　二〇二〇年八月）

空には言葉がある

落葉が進み、通りの向いの雑木林からは夕映えが透けて見える季節になった。この頃から春先にかけて彩雲もよく見られる。仙台に来てからお目にかかれる光景である。

十一月も末となれば、子供の頃、日本海側の郷里では初雪が降り、そのまま根雪になることもあったように思う。建替え前のお隣の屋根は低かった。夜になると、街燈で赤味を帯びた空に雪の粒が静かなリズムを刻んでいく。二階の子供部屋から見えるこの夜空が好きだった。みかげ石の空、と勝手に呼んでいた。

御影石を見たことはない。あってもそれと認識はしていなかった。しかし、「みかげ石」という響きから、粒々があって緑色がかっていてすべすべした石を想像していたのである。

実物を見ていないのに、言葉からときめくものを連想する、これは、小学校の時に愛読した『赤毛のアン』シリーズの影響だろう。「月の光をあびて、いちめんに白くさいたサクラの花の中でねむるなんて、すてきでしょうからね。おじさんも、そう思わない？　まるで大理石の広間にいるようだと想像できますもの。」（村岡花子訳）という台詞に持っていかれてしまった。桜は、もはや、亀山や有終西小学校（通称西校）校庭の桜ではなく、空中に浮かんだ滑らかな白い石と溶け合い変化《へんげ》するサクラであった。

「家具はマホガニー。マホガニーって見たことはないけれど、とっても豪勢に聞こえるわ。」とアンは、その言葉が帯びるイメージに乗ってもう一つの世界と往還し、心を解放していた。アンは孤児という設定であるが、普通の小学生にも小学生なりの悲哀がある。給食の生煮えのネギを呑み込まなくてはならない（西校の給食の栄養士はチャレンジャーだったのか、わさび入りサラダなんてものも出てきた。誰も食べられなかった）とか、体育の時間に台上前転ができなかったとか。そんな時、「青いサテンにピンクの絹」（『ガラスのくつ』）「ライム・ジュース・コーディアル」（『風にのってきたメアリー・ポピンズ』）等々、西洋の児童文学はひと時の夢をくれたのだ。

モンゴメリーのレトリックは、「ヴィクトリア朝の後期ロマン派スタイル」（川本皓嗣『俳諧の詩学』岩波書店　二〇一九）の流れを汲むものなのだろう。それが、たとえ「感傷的で冗漫」であっても、言葉の本質を表しているように思う。言葉はモノを指し示すが、そのモノとは常に距離があり、抽象的である。だから、夢幻のサクラにも、お城祭りの提灯に照らされた亀山の桜にもなり、膨大なイメージの気圏を作っていく。それは、北園克衛の「私の詩においては、言葉は単にポエジイ（詩的想像）のオブジェ（物象）にすぎないのだ」（「私はこうして詩を作る」『ポエム・ライブラリー』1巻　昭30）という、言葉が自立するアヴァンギャルドの夢も生み出すのである。

（『鬣』78号　二〇二一年二月）

飛び越えるな、すり抜けよ

「ナルニア国物語」シリーズや「メアリー・ポピンズ」等、イギリスのファンタジーが今も好きである。実家にある愛蔵版を開くと、小学校の時、牛乳と「おおしまや」で買ったドーナツを傍らに、台所で頁を繰った記憶が蘇る。

エリナー・ファージョンの作品も、ここではないもう一つの世界へ連れて行ってくれた。短篇童話集『ムギと王さま』（石井桃子訳　岩波書店　一九七一）に、「西ノ森」という作品がある。アクセク国の若いジョン王は、子供の頃、王や女王から、「けっして西ノ森へいってはいけないよ。」と禁止されていた西ノ森国へ行くことを決意する。馬に乗って、国境に巡らされた木の塀を飛び越えると、そこにあったのは、「もじゃもじゃの茂みのバリケード」に「やぶれた絵にこわれた人形、おもちゃのお茶道具のかけらにさびついたラッパ、古い鳥かごに色あせた花わ、ちぎれたリボンに、かけて使えなくなったビー玉」が引っかかっている、世にも荒れた光景だった。がらくたを乗り越えて馬を進めても、「まったいらな灰色の砂漠」が延々と続くだけであった。

しかし、王様に仕えている「小間使いのシライナ」が、お休みの日にはいつも西ノ森へ行く、と言うので、王様はシライナと共に、再度、西ノ森へ行くことにした。シライナは、木の塀の七七七番目の板の所へ来ると、板の穴に指を入れて向う側にあった小さな栈を外し、二人はそこから向うへとすり抜けた。王様が見たものは、「枝は生きていて、そこには、たくさんの鳥がないていて、葉はいきいきと輝きながら、のびており、それに花ときては、――ああ、こんなに美しい、においのよい花を、王さまは見たこともかいだこともありませんでした」という前回とは打って変わった素晴らしい光景だった。その向こうには、灰色の砂漠ではなく、小川や滝、花咲く木々がある緑濃い芝生がどこまでも広がっていた。

西ノ森は、アクセク国の人々が打ち捨ててしまった「夢」が生きている国だったのだ。ジョン王が幼い頃、「危険なことだらけですからね」と戒められていた「危険なこと」とは、生産性を阻む数多の「無駄」と称されることであり、この世に命を吹き込むものだったのである。

もう一つの世界に続く境界は、飛び越えてしまっては現れない。征服しようとすると姿を隠すのである。塀が外れる所を探し当て、そこを通り抜けることで、もう一つの世界が立ち現れるのである。孤児院からやって来たシライナが秘密の桟の在処を知っていたように、力で守られた人間は辿り着くことが難しく、この世での力を持たぬ存在、あるいは、力という欲望から解放された存在が見つけるものなのだろう。

ファンタジーが開いてくれるのは、向う側から見たこの世の姿であり、生きる場所の可能性である。

（『鬣』80号　二〇一一年八月）

Ⅱ

詩の外包

一　長い赤いきれをふむ

加賀金沢の詩人、室生犀星（明22・一八八九〜昭37・一九六二）の魅力は、無手勝流にある。十三歳で高等小学校を中退した犀星は、これはと思う表現に出会うと貪欲に盗んで吸収し、自分のものにしていった。その生き生きとした好奇心は、晩年も衰えを見せることがなかった。

誰かに逢ひ
話をしかけられた
くらい中であつた
何かの中心に私はゐた
誰かに逢へる予感はくづれ
誰かはすぐに去つて了つた
つまらないただの女であつた
女は長い赤いきれを引きずり
それをふむやうな位置に私はゐた

『晩年』(『室生犀星全詩集』筑摩書房　昭37、所収)の「誰かに」は、犀星のエロス的人生が凝縮されている。犀星の実父は加賀藩士小畠弥左衛門吉種、実母は吉種の身辺の世話をしていた女性で、佐部すて、林ちか、池田初、諸説出されており、定かではない。体面を重んじた小畠家では、実母を外へ出し、犀星も、生れて間もなく、雨宝院住職室生真乗の内縁の妻であった赤井ハツに引き取られた。「莫連女」と犀星が呼ぶハツとの激しい日々は、文学者犀星の背骨を作っていくのだが、犀星は母恋いを根底に持ち続け、さまざまな女性像を生み出していく。

晩年の傑作は、『蜻蛉日記』の「町の小路の女」を主人公にした『かげろふの日記遺文』(講談社　昭34)と、金魚の化身である少女と老作家との会話小説『蜜のあはれ』(新潮社　昭34)であろう。「町の小路の女」＝冴野が、兼家の愛を受け入れつつ絶頂で身を引く、行方知れずの実母の面影を昇華させた女人であるのに対し、金魚＝赤井赤子は、「あたい」と自分を呼び「をぢさま」と遊戯的に交わる蠱惑的な存在である。

思いを極めた冴野と性の虚実を泳ぐ赤子は、犀星が求めた女性の重層的結実である。一方で、同じ時期の「誰かに」は、冷徹な眼が捉えた老年の現実がある。「くらい中」とは、白秋も朔太郎も惣之助も、立原道造も津村信夫も堀辰雄も既に亡き茫々たる時間を思わせるし、「何かの中心」は野太く貫いている犀星の命を感じさせる。そこを通り過ぎていった「つまらないただの女」。しかし、その女は「長い赤いきれ」を引きずっていた。そして、「私」は、そのきれを踏む。

ここには、犀星の女性への愛憎相半ばする感情がある。反語的愛情とも言うべきしたたかな感情だ。

先の金魚は、赤井赤子という名前だが、ここでも、暗がりを一点の鮮やかさで赤が過ぎっていく。犀星は、『青き魚を釣る人』（アルス　大12）もあるように、初期の抒情詩時代は青のイメージが強いが、〈赤〉も打ち出されていた。

いかにして赤かかるや
つくるなき霊浴の後の眼に
しぶきつつ血のごときものの走るは
いかなる形をや創る。
抱き交はしつつ君はつねに生む
てんてんとして赤き椿を。

「霊浴詩抄」（『詩歌』大3・1）

火はいま盛りあがる。
みやこの空にえんえんと
鐘のひびきに盛りあがる。
きよらかに姿あらはす樹のもとを
火はただ紅き魚を曳く。

「地上炎炎」（『音楽』大3・2）

いずれも詩集には収録されていないが、「霊浴詩抄」は、つげ義春の「赤い花」で、少女の股間から椿が落ちて川面に流れていくシーンが連想されるし、「地上炎炎」は、「蜜のあはれ」後記の「炎の金魚」、「火の魚」（『群像』昭34・10）の燃えながら落ちていく魚へと展開する。生命が横溢し燃焼する〈赤〉も、犀星の基調色なのだ。

これら幻想の〈赤〉に比して、「誰かに」の「長い赤いきれ」は、生きられた日々と地続きの質感がある。犀星の小説で、性の目覚めにまつわる女性たちは、赤いものを着けている。「性に目覚める頃」（『中央公論』大8・10）で、「私」の心を捉えた賽銭を盗む美しい娘は「紅い模様のある華美《はで》な帯」を締め、「海の僧院」（『報知新聞』大9・3・11〜4・17）の尼僧、丹嶺（彼女の名前にも「丹」が入っている）は、法衣に「赤いちりめんの袖ぐち」を縫い付けていた。衣の赤は、金沢時代の体験に基づいた、犀星の女性たちの原像とも言える。

「幼年時代」（『中央公論』大8・8）には、「私」のために姉が「赤い布片《きれ》」で地蔵の衣を縫ってくれたというエピソードが描かれている。「晩年」の帯でも着物でもない「長い赤いきれ」には、お地蔵さんへの素朴な信仰心と重なる、個人的な時間に留まらないものを感じる。発生地点の奥にまで連れていかれるような、根源的な何かである。

ここからふっと連想されるのは、『万葉集』に頻出する「紅の裳裾」である。それは、犀星という個人を超えた集合的記憶なのかも知れない。ただ、犀星は、折口信夫とも交流があり、『我が愛する詩人の伝記』（中央公論社　昭33）には、折口（釈迢空）も登場して「釈迢空の詩は巧みなことばに溢れてゐて、古いことばをつかつても、にはかに冴えて生きて来る術を知つてゐた。」と評されている。

（『鬣』67号　二〇一八年五月）

二　紅の女たち

『万葉集』には、犀星の「長い赤いきれ」の女の源流のような「紅の赤裳の裾」を引く女たちが登場する。

松浦《まつら》川川の瀬速み紅の裳の裾濡れて鮎か釣るらむ（巻第五・八六一）
我妹子が赤裳ひづちて植ゑし田を刈りて収めむ倉無《くらなし》の浜（巻第九・一七一〇）
立ちて思ひ居てもそ思ふ紅の赤裳裾引き去にし姿を（巻第十一・二五五〇）
紅の裾引く道を中に置きてわれや通はむ君か来まさむ（巻第十一・二六五五）

水に濡れ、泥に汚れた紅の裳は、女たちの生きた肉体を感じさせる。あるいは、脳裏を去らない残像となり、越境の主体として焦点化される。伊原昭『文学にみる日本の色』（朝日選書　一九九四）によれば、「紅」は紅花で染めた「黄味を含まず、紫味も含まぬ艶麗な赤い色」であり、古代のエジプト、インドから漢を経て日本に伝来したという。辞書には、呉（中国）の藍（染料植物の総称）が転じて「くれなゐ」という名称になったとある。「紅の赤裳」という強調からも、「赤」を純化させた鮮烈で貴重な色という思いが窺える。それは、女たちに寄せる愛しさと重なる。

「紅」は、大伴家持の「春の園紅にほふ桃の花下照る道に出て立つをとめ」に象徴されるように、照り輝く美しさの喩でもある。

しなてる　片足羽川《かたしはがは》の　さ丹塗りの　大橋の上ゆ　紅の　赤裳裾引き　山藍もち　摺れる衣着て　ただひとり　い渡らす児は　若草の　夫《つま》かあるらむ　橿の実の　ひとりか寝《ぬ》らむ　問はまくの　欲しき我妹が　家の知らなく（巻第九・一七四二）

丹塗りの大橋を、紅染めの赤裳と山藍で摺り染めにした青い衣を着て渡っていく乙女の姿は、眩いばかりの極彩色である。

（略）娘子《をとめ》らが　春菜摘ますと　紅の　赤裳の裾の　春雨に　にほひひづちて　通ふらむ　時の盛りを（略）（巻第十七・三九六九）

（略）山びには　桜花散り　かほ鳥の　間なくしば鳴く　春の野に　すみれを摘むと　白たへの　袖折り返し　紅の　赤裳裾引き　娘子らは　思ひ乱れて　君待つと　うら恋すなり（略）（巻第十七・三九七三）

家持と大伴池主の応答歌であるが、春雨が若菜を摘む乙女たちの若々しさを匂い立たせ、菫を摘む乙女たちは、紫、白、紅と彩なす色の風景となる。

折口信夫が『口訳万葉集』（文会堂　上巻　大5、中・下巻　大6）で、「紅で染めた赤い裳の裾が、春雨でぼと〳〵に濡れて」（三九六九）「袖をまくり上げて、紅染めの赤い上裳の裾を曳き乍ら」（三九七三）と口語訳しているのが面白い。いずれも「にほひひづちて」「袖折り返し」の質感や肉感が打ち出されており、美的対象に終らず、その中に入り込んでいる。万葉人が描いた幻想の光景は、折口によって肉体を与えられる。観念が観念に終らない生々しさは、犀星と相通じる。

「紅の赤裳」は、彩なす美を構成するが、根源的な呪力にも通じている。

あかねさす日は照らせれどぬばたまの夜渡る月の隠らく惜しも（巻第二・一六九）

（略）通はしし　君も来まさず　玉梓の使ひも見えず　なりぬれば　いたもすべなみ　ぬばたまの　夜はすがらに　赤らひく　日も暮るるまで　嘆けども（略）（巻第四・六一九）

黒牛の海紅にほふももしきの大宮人しあさりすらしも（巻第七・一二一八）

黒牛潟潮干の浦を紅の玉裳裾引き行くは誰が妻（巻第九・一六七二）

あかねさす昼は物思《も》ひぬばたまの夜はすがらに音《ね》のみし泣かゆ（巻第十五・三七三二）

「あかねさす」（茜色に照り映える）「赤らひく」（赤く輝く）は、「日」の枕詞、「ぬばたまの」（黒い珠の）は「夜」や「月」の枕詞であるが、固定した約束事ではない、宇宙を言葉の中に取り込んでいく初発の感動がある。染料や草の実は「日」や「夜」に係ることで、畏怖する対象と繋がりを持つのだ。赤と黒、日と月、昼と夜、位相の異なる対句的関係が重層化して、この身と共振する世界が見えてくる。一六九番歌は、草壁皇子の死を悼んだ柿本人麻呂の挽歌、六一九番歌は、男の通いが途絶えてしまったことへの大伴坂上郎女《おおとものさかのうへのいらつめ》の怨恨の歌、三七三二番歌は、中臣宅守《なかとみやかもり》が越前国に配流となった時に、妻の狭野弟上娘子《さのおとがみのをとめ》が贈った歌である。詠み手や贈った相手に赤き昼と黒き夜が交互に訪れて、別離に嘆き死を悼む時間を醸成していくのである。

「黒牛の海」「黒牛潟」の歌は、「丑三つ時」という時刻も連想され、昼間の情景であろうに、ぬっと生き物の暖かさを感じさせる黒い牛が傍らに潜む中を、紅に輝く人影が裳裾を引いて過ぎっていくようなイメージが浮ぶ。「海」という語から大きな黒牛の胎内を通っていく感覚も呼び覚ますのだ。伊原は、『古事記』『日本書紀』の記述から、古代人は「黒」に「一種の呪的ともいえる感情」、「赤」は、血や火を象徴する色として神聖視し「霊的な感情」を抱いていたようだと推察している（『文学にみる日本の色』）が、生と愛の始原を感じさせる。

犀星の「長い赤いきれ」の女も、このような紅の女たちの系譜にある。犀星の時間の果て、胎内巡りの出口近くにいる女である。「つまらないただの女」と言い切ったことに、犀星の凄みを知る。

（『鬣』68号　二〇一八年八月）

三　数奇屋橋の夕映えに

「地球の良日」（『新潮』昭29・12）は、老年に達した犀星が、詩人を彩った女性たちを虚実取り混ぜて回想した詩である。

あの女も　この女も　べつのまたの女も、
少女も　あばずれも、
ふいに見えてつひに見えなくなつた女も、
あの女も、
あのひとも　このひとも、
笑つてわらひのよいひとも、
白いものづくめの人、
あかいものばかり見せたひと、
みんな好いところばかりの、
みんな何かあげたいひとばかりの、
みんな逢ひたいことだらけの、

貴方つてをかしな方ねといひ、
貴方つて怒つてばかりゐるわねといひ、
貴方つて始終なんか心配ごとをしてゐるわねといひ、
街が三角になり八角になつた処で、
かんごくの塀の外の氷つた道路で、
鉄橋の胴の見える愛すべき洲の上で、
屋根が帆となるゆきの日にも、
舌と舌とで、
足と足とで、
あの女も　どのひとも、
みんなが不倖で文なしでだから元気で、
ゆふ映えは何て美しいものなんでせうね、
あの女も　この女も　女のなかの女も、
街が楕円形になり真ん円くなり、地球儀になり、
四角八角ゆがみゆがんで崩れてしまひ、
みんな数寄屋橋の夕映えにまぎれ込んでしまふ、……
どの女も　あのひとも　このひとも。

犀星は、亡くなる二ヶ月前の随筆で「私の小説に出て来るやうな女の人は、実に永いあひだ私の賑やかな雰囲気を作ってゐてくれ、それが何処かでぢつとこもつてゐて、折にふれて突然現はれては消散した。」（「消えうせぬ女たち——わが小説」『東京朝日新聞』昭37・1・20）と述べている。作中の女たちは、犀星の中でそれぞれが生々しく息づいていたことが窺える。「みんなが不倖で文なしでだから元気で、」には、体を張って生きる女たちへの全面的な共感がある。「あの女も　この女も　べつのまたの女も、」と畳み掛けていく中で、「ゆふ映えは何て美しいものなんでせうね、」と語り手と女の台詞が重なっていき、夕映えに渾然一体化するのだ。その根底には、実父小畠弥左衛門の死と同時に杳として行方知れずになった生母がおり、養母赤井ハツによってしばしば色町の勤めに出された義姉テヱ、若き日に出会った娼婦たち、「市井鬼もの」の女たち、切子や玉枝やあや子やミナ子藍子苺子がそれに続いていく。ここでも「あかいものばかり見せたひと」とエロス的原風景の紅がある。

回想の場所も犀星の人生のフィルムを巻戻している感がある。監獄の外という設定は「鞄（ボストン・バッグ）」（『新潮』昭29・1）が主人公打木田の出所から始まることを連想させるし、鉄橋が見える中洲や雪を冠った屋根は犀川の光景を思わせる。それらが眼前の「数寄屋橋の夕映え」に溶解していくのだ。

「夕映え」は、越境する時空間の表象として戦中から現われ、晩年の主要なモチーフとなる。詩文集『木洩日』（六芸社　昭18）の「木の椅子」は、昭和十四年に夭逝した立原道造の追想だが、「人は夕ばえのなかに去り／君は神のみ脛を踏んだ、／そのために肺を悪くして逝つた。」とあの世を夕映えの向こう側に見ている。軽井沢での疎開生活をうたった『旅びと』(臼井書房　昭22)の「雪づら」では「雨の上つらに／入日がかすめ／その入日が深い層にしみこみ／そこだけがともしび色に変つてみえる」と日没を眼で追いつつ「何人もその明りや光は追へない／消える命を捉へることが出来ないのだ。」と生と死の断層を実感する。一方で、犀星は、「彼はいつも原稿に書かれたさかなとか虫とか動物とかは、夕栄えの雲なんぞに妙に関係をつけて考へることが好きであり、さういふ贔屓目に生きものを描く自分を重んじるくせがあつた。自分の描いたものを、そんなふうな厳粛さに持ち上げることで、夕栄えはいつも一層美しいのである。」(『木洩日』「第一章　去りがてに」)とも述べている。この世のささやかな命も無限の空間に繋がっているのである。

断層と親和と、このような感受性は、親しかった友人や知人を次々と失った体験に由来していよう。立原の死の後、昭和十七年には萩原朔太郎、佐藤惣之助、小畠貞一、北原白秋、翌年には徳田秋声、翌十九年には津村信夫、更に二十年の四月には、古くからの友人田辺孝次も金沢で亡くなっている。齢五十の半ばを過ぎて、犀星は、自分一人がこの世に生き残っているという感を強くしたであろう。短篇「夕映えの男」(『婦人公論』昭32・1)は、戦後の沈滞期を経て、随筆『女ひと』(新潮社　昭30)により三度目の旺盛な活動期に入った犀星自身を語っている。人生最後で最大の活動期である。作中の「私」は、これまで体験したことがない本の売行きを「奇蹟」と呼び「つまり石をつむ人は石をつみ終へて、腰を下ろして暮色と夜色のいづれ見分けがたい四辺を見渡した景色であつた。」と語っている。「夕映え」とは、こつこつと積み上げて来た人生の果てに訪れた、一時の慰藉でもある。越境する空間は、死を前にした華やぎと安らぎの時間だからこそ、追想にふさわしいのだ。

なぜ「数寄屋橋の夕映え」なのだろう。犀星は、昭和七年四月に田端から大森に転居し、昭和三十七年三月に七十二歳でこの世を去るまでここで暮した。長女朝子の回想（『大森　犀星　昭和』リブロポート　昭63）によれば、犀星の生活はきわめて規則正しく、朝の九時頃から昼食・昼寝・入浴を挟んで午後三時頃まで執筆、家族が揃うお茶の時間の後は、映画を観に出かけたり散歩がてら花や本を買ってきたりしたという。没後五十年を記念して刊行された『室生犀星文学アルバム・切なき思いを愛す』（青柿堂　二〇一二）にも、大森の映画館前でソフト帽に羽織、下駄を履いて固く巻いた蝙蝠傘をステッキのように突き、ポスターをじっと眺める犀星の痩身を横から写した写真（昭34）がある。「次週上映」は「ターザンの激斗」「行ったり来たり」の二本立てらしく、ポスターの脇には筋骨逞しいターザンとジェーンのスチール写真が三枚貼ってあり、犀星の視線はそちらに注がれている。文芸映画も娯楽映画もこだわりなく観ていた様子が窺える。

犀星は若い時から映画好きであった。怪盗チグリスが活躍する探偵映画「T組」（大3・6）とその続編「プロテア」（大3・7）を元に「兇賊 TICRIS 氏」（『アララギ』大3・10）なる詩を作り、その後映画時評も書いて随筆集『天馬の脚』（改造社　昭4）に収められている。「映画時評　十一　クララ・ボウ論」は、「餅肌クララ・ボウ、／野卑の美、／白い蛙、／蛙の紋章、／肉体的ソプラノ、／クリイム・チーズの容積、」とフラッパー女優の代名詞であったクララ・ボウの「イット」賛歌である。映画は晩年まで犀星の生活のリズムに組み込まれていたのだ。

そんな犀星だから、一世を風靡した映画「君の名は」（昭28・9）を観ていたであろう。昭和二十年五月、東京空襲の夜に後宮春樹（佐田啓二）と氏家真知子（岸恵子）が数寄屋橋の上で命を助け合うも、名乗り合う時間もなく、半年後の再会を約束して別れる。その日に女は現れず、一年後に再会した時、女は明日に結婚を控える身であった。運命のすれ違いをこれでもかと重ねていくメロドラマの発端が数寄屋橋である。ラジオドラマが映画に先行するが、放送中は女湯が空になったという伝説はたびたび喧伝されているので、たとえ観ていなくとも、会うは別れの始まりの舞台である数寄屋橋が追想のドラマにふさわしいと思ったのではなかろうか。「地球の良日」は、女の台詞と一体化した犀星の人生の虚実取り混ぜた巻き戻しでもあるのだから。

詩業の集大成『室生犀星全詩集』（筑摩書房　昭37）を別にすれば、犀星最後の詩集が『昨日いらつしつて下さい』（五月書房　昭34）である。女語りが印象的な詩集だ。

「受話器のそばで」

まゐりますいつものところね。
五時つていいお時間ね。
五時つてもうくらいわね。
五時ね。
ええ　五時がいいわ。

尋常ならぬものもうっすり感じさせる逢引の約束。ここでも夕映えの時間が設定されている。『蜜のあはれ』（新潮社　昭34）でも、小説家の「をぢさま」と過去に関わりがあったらしい冥界の「をばさま」（田村ゆり子）が、金魚の化身赤井赤子に「五時」といふ時間にはふたすぢの道があるのよ、一つは昼間のあかりの残つてゐる道のすぢ、も一つはお夕方のはじまる道のすぢ。それがずつと向うの方まで続いてゐるのね。」と言ってきかせる。昼と夜、出会いと別れ、始まりと終りが分岐する地点が「五時」である。出会いも別れも今生のものという思いは古稀も近づいた犀星の中で強まっていたであろう。

「舌」

みづうみなぞ眼にはいらない、
景色は耳の上に
つぶれゆがんでゐる。
舌といふものは
おさかなみたいね。
好きなやうに泳ぐわね。

いくらたくさん逢つても
気まづくわかれる日があつたら、

つまんないぢやないの、
お逢ひするのはいちどきりでいいのよ、
何十度お逢ひしても
人間のすることはみな同じだもの、
いちどきりでいいのよ。

「めぐりあひ」

エロスに漂う身体と現実への覚醒を共に女ひとに語らせる犀星。詩人の感受性と小説家の眼が生きて、犀星自身は「見たこともあるやうだが、／はじめて見た人のようでもある、／(略) 夕ばえは幾日もつづいて、／その男の頭の上にさんらんとしてゐる、／古い詩人の誰かではないか、／誰も名前も詩もわすれてゐるその人ではないか、」(「その男は誰だらう」) と自らを突き放す。数寄屋橋の夕映えの中で、犀星は、さんらんたる向こう側へ去ってしまった女たちを体じゅうで甦らせる。

数寄屋橋と言えば「君の名は」だけでなく、気になることがある。知人のフランス文学の元教授は、数寄屋橋に出ると眼の前に日劇ビルがあったと話してくれた。日劇ビルと言えば、昭和二十七年三月に新装開場してから昭和五十九年三月にその幕を閉じるまで (昭和五十六年三月からは東京宝塚劇場に移転) 日劇ミュージックホールがあった所である。学生時代の昔、八重洲富士屋ホテル辺りから見えた、巨大な王冠かデコレーションケーキが陸地に打ち上げられたようなビルの残骸がこれだったのだろうか。橋本与志夫『ヌードさん　ストリップ黄金時代』(筑摩書房　一九九五) は、東京ストリップの盛衰を踊り子たちのエピソードと共に描いている。橋本が「哀話」と言うように、飲酒過多、ヒロポン中毒、胸を病んで若くして亡くなった踊り子も少なくない。ジプシー・ローズが余りにも有名だが、巻末の「ストリップ年表」に記されていた昭和三十一年の項で、「3月7日　キティ福田（浅草フランス座）失恋から服毒自殺。二十三歳。／5月　リラ椿、失恋から服毒自殺。二十三歳。」が心に残る。生きていく切なさに耐えられなかったのだ。

犀星の数寄屋橋の夕映えに、若くして向こう側へ渡ってしまった彼女たちも見える気がする。この世の地べたに生きた女たちをすべて包み込んでさんらんと輝くのだ。

（『鬣』69号　二〇一八年十一月）

【追記】『鬣』六十九号を読んでくださった愛知県立大学日本文化部教授の宮崎真素美氏が、数寄屋橋という設定について、首都高速道路建設に伴う埋立てが進んでいた状況から、やがて数寄屋橋がなくなるであろうその日も視界に入れていたのではなかろうか、という感想を下さった。なるほどと思っていると、五十嵐惠邦『敗戦の記憶――身体・文化・物語　1945―1970』（中央公論新社　二〇〇七）に、「数寄屋橋は、戦後日本社会の混乱がいろいろなかたちで噴出した境界領域であった」という記述があった（「第四章　名づけえないものを名づける」）。五十嵐によれば、売春婦、靴磨き、その他多くの人間が外国人の客を探してたむろし、昭和二十三年六月には「命売り舛」の張り紙さえ欄干に張り出されたという。同年十二月には、東京裁判後に処刑された戦犯たちを祀る祭壇が数寄屋橋の上に作られ、「地球の良日」発表前年の昭和二十八年には、ＧＩたちが日本人のポン引きを橋から外堀に投げ込むという事件が起こった。犀星も、世相が刻印された磁場としての数寄屋橋を十分承知していたのであろう。「みんなが不倖で文無しでだから元気で、」という詩句は、作中の女性や身近な女性たちの人生のみならず、時代を象徴している。宮崎氏の指摘も併せると、数寄屋橋の夕映えは、「喪失と破壊の痕跡が消失することで、喪失自体が失われた」（五十嵐）という、復興と引替えに忘却されていく敗戦と占領の時間と、混乱と貧困を懸命に生きた人々への哀悼の灯でもある。時代と向き合う詩人の、感受性の深さを感じる。

四　燃え上がるリズム

『抒情小曲集』（感情詩社　大7）の特徴の一つは、オノマトペにある。

雪あたたかくとけにけり
しとしとしとと融けにけり
ひとりつつしみふかく
やはらかく
木の芽に息をふきかけり
もえよ
木の芽のうすみどり
もえよ
木の芽のうすみどり

「ふるさと」

「しとしと」ではなく「しとしとしとと」。反復をもう一回重ねることで、「しとしと」に付随する雨の侘しさは雪解け頃の目覚めつつある命の感触に転化する。冒頭二行の七五の音数律と共に、巡る季節のリズムも感じさせる。「もえよ／木の芽のうすみどり」の反復も、雪国の春の喜びを加速させる。『抒情小曲集』収録作の初出は、大正二〜四年が殆どで、『感情』一巻二号（大５・７）の再録を経て詩集にまとめられたもので、かなり改作されている。「ふるさと」も、初出（『朱欒』1巻2号　大2・3）では「雪あたたかくとけゆけり／しとしとと融けにけり。」、『感情』再録時も「雪あたたかくとけにけり／しとしとと融けゆけり」であり、共に「しとしと」である。「とけゆけり」「融けにけり」も、変化を出そうとして逆にいささか散漫な印象を与えている。

犀星は、十代半ばから俳句を始め、地元金沢の『北國新聞』や『政教新聞』に投稿し、新体詩へと展開していく。「さくら石斑魚《うぐひ》に添えて」が、児玉花外が選者であった『新声』十七巻一号（明40・7）に掲載された時、犀星は十九歳であった。これは、「蘭をつたへる点滴の／岩匐ふ藤のむらさきに／触れては淵の藍濃く／老ひ吃りたる鶯の／底に沈みし声あらば／水苔青きうつろ戸に／唐紅き小鰭を掻きたて丶／さくら石斑魚も歌あらむ。（略）」というもので、筑波根詩人と称された横瀬夜雨を思わせる素朴な七五調の抒情詩である。基調色である「紅」と、犀星の主要なモチーフでありエロス的分身とも言うべき「魚」が早くも出揃っているのが、面白い。試行錯誤期を経て、『抒情小曲集』編集の頃に詩の身体性、オノマトペと反復のリズムを体得したのであろう。

犀星のオノマトペは、「しとしとしと」に見られるように、音の独自性と言うのではなく、対象から受けた素直な印象が、類型からはみ出したという感じである。従って、対象のイメージを重層的に喚起させるものが多い。

すゐすゐたる桜なり
伸びて四月をゆめむ桜なり
すべては水のひびきなり
四阿屋の枯れ芝は哀しかれども
花園になんの種子なりしぞ
しきりに芽吹き
きそよりもなほ萌えづるげ
街のおとめの素足光らし
風に研がれて光るさくらなり

「前橋公園」（初出『上毛新聞』大3・3・9）

「すゐすゐたる」は、普通、桜の形容には用いない。しかし、やがて花の時期を迎える桜に、犀星は体内を巡る水のような生命を感じたのである。「すべては水のひびきなり」とは、公園の外を流れる利根川と園内の桜の伸びゆく命の響である。「すゐすゐ」は、「水々《すいすい》」と手足を伸ばして空を泳ぐ桜の姿である。音の追究ではなく、複数の概念に還元され得るという点で、盟友の朔太郎とは対照的である。朔太郎は、「ちら、ちら、ちら、ちらとくさつた息をするのですよ。」（「くさつた蛤」／『月に吠える』白日社・感情詩社　大6）「ぴよ、ぴよ、ぴよ、ぴよ、ぴよ、ぴよ、ぴよと空では雲雀の親が鳴いてゐる。」（「雲雀の巣」／同）と充満する反復を経て、「のをあある　とをあある　やわあ」という犬の遠吠え（「遺伝」／『青猫』新潮社　大12）へと意味やイメージに還元できない音を生み出していく。
若き犀星に重層化するオノマトペをもたらしたモチーフは、やはり「紅」である。

いかにして赤かかるや
つくるなき霊浴の後の眼に
しぶきつつ血のごときものの走るは
いかなる形をや創る。
抱き交はしつつ君はつねに生む
てんてんとして赤き椿を。
ああ暖かき椿の凝気
次第にたなびき
われと君との裸体を泳がしめ
ときには日のさしそひて
強烈なる春の肌を煽りて止まず。
われら悲しみてタオルもて肌を覆へども
内心をも椿は染む。
ああ、椿は染む

みやこの大なる石の谷間と
起りつつ輝ける街路とを
かぎりなく
いんいんと響を立てて染《そ》む。
（以下略）

連載の第一回でも引用した「霊浴詩抄」（『詩歌』大3・1）である。「てんてん」は「点々」の他に「転々」あるいは「展々」をも想起させる。迸る血は椿となり、また液状化し眩暈のように世界を彩っていく。「いんいん」は、盛んに音を立てる様子から「殷々」であろうが、「殷血」（血のような赤色）という熟語も同時に浮かぶ。超常的な血と椿の狂乱から「陰々」も連想される。「いんいん」は、この時期、犀星が好んだオノマトペである。

火はいま盛りあがる。
みやこの空にえんえんと
鐘のひびきに盛りあがる。
きよらかに姿あらはす樹のもとを
火はただ紅き魚を曳く。

ああ燃えあがれ、ひそみて忍ぶこのリズム
えんえんとわれの住家に燃えあがれ。
（略）
ああいざこの霊を開けはなち
火のうえにあそばしめ
なでしこ摘めよ
樹のもとにいんいんとして
叫びつつ燃えゆけよ
樹のもとに。

同じく第一回で引用した「地上炎炎」（『音楽』大3・3）は、タイトルは「炎炎」と漢字表記であるが、本文は「えんえん」と平仮名表記である。「えんえん」は「炎炎」と「延々」を重ね、「いま盛りあがる」「盛りあがる」「ああ燃えあがれ」「燃えあがれ」「樹のもとに」「樹のもとに」と呼びかけの反復と共に、空間を押し広げていく。鐘の音を合図に、風景は現実から越境して狂乱の様相を呈する。
上野、谷中界隈の夕焼がエロスの燃焼というモチーフを通して昇華されたと言うよりも、モチーフが燃え上がる夕焼を捉えて加速するリズムと拡張する風景を作ったのであろう。犀星のリズムは、血、椿、夕焼という対象の質感を刻印しつつ風景の動因としてオノマトペを形成していく。

『抒情小曲集』に収められた「坂」（『詩歌』大3・3）からは、「いんいん」が犀星の心象であることがわかる。

街かどにかかりしとき
坂の上にらんらんと日は落ちつつあり
円形のリズムはさかんなる廻転にうちつれ
樹は炎となる
（略）
しんに夕の麵麭をもとめんに
もはや絶えてよしなければ
ただ総身はガラスのごとく透きとほり
らんらんとして落ちむとする日のなかに
喜びいさみつつ踊る
わが友よ
ただ聞け上野寛永寺の鐘のひびきも
いんいんたる炎なり
（略）

「しんに夕の麵麭をもとめんに／もはや絶えてよしなければ」とあるように、明治四十三年五月、二十歳の犀星は文学的成功を目指して夜行列車で上京したが、以後数年は、貧窮生活に耐えかねて、帰郷と上京を繰返した。大正二年一〜五月、北原白秋に認められて、「小景異情」を始めとして後に『抒情小曲集』に纏められる作品が『朱欒《ザンボア》』に掲載され、それを読んだ朔太郎から熱烈な称賛の手紙が来る。詩人としての存在が徐々に知られていくことと、未だそれでは食っていけない現状。不安と矜持が綯い交ぜになった心象が、「いんいんたる炎」である。落日の目くるめく光に夕を告げる鐘の音が連動し、その中に全身が没入していく。これが「室生犀星氏」（『詩歌』大3・5）では、「みやこのはてはかぎりなけれど／わがゆくみちはいんいんたり／やつれてひたひあをかれど／われはかの室生犀星なり」と圧縮されて端的な自画像となる。

落日の回転するリズムが、齋藤茂吉の『赤光』（東雲堂　大2）に触発されていることは、大橋毅彦が『室生犀星への／からの地平』（若草書房　平12）で明らかにしている。

あかあかと日輪天にまはりしが猫やなぎこそひかりそめぬれ
くれなゐの獅子のあたまは天《あめ》なるや廻転光にぬれゐたりけり
いちにんの童子ころがり極まりて空見たるかな太陽が紅し

茂吉は随筆『童馬漫語』（春陽堂　大8）で、「ゴオホの絵などを見てこれに感奮して『廻転光』などと詠むと直ぐ『廻転光』と歌に使つて呉れる人もゐる。」と述べており（「言葉のこと」）、創造は多面的な受容から生れることを改めて思い起させてくれる。

よごれたる門札おきて急ぎたれ八尺《やさか》入りつ日ゆららに紅し
かなしさは日光のもとダアリアの紅色《くれなゐ》ふかくくろぐろと咲く
あぶらなす真夏のうみに落つる日の八尺《やさか》の紅《あけ》のゆらゆらに見ゆ
太陽はかくろひしより海のうへ天《あめ》の血垂《ちた》りのこころよろしさ
ちから無く鉛筆きればほろほろと紅《くれなゐ》の粉が落ちてたまるも
くれなゐの千しほのころも肌につけてゆらゆらゆらに寄りもこそ寄れ
をだまきの咲きし頃よりくれなゐにゆららに落つる太陽《ひ》こそ見にけれ

「八尺《やさか》」「かくろひし」「天《あめ》の血垂《ちた》り」という語彙は、『万葉集』から得たものであり、「ゆららに紅し」「紅のゆらゆらに」「くれなゐの（略）ゆららゆららに」「くれなゐにゆららに」と色とオノマトペが連動していく。第二首や五首に見られるように、白秋の『思ひ出』（東雲堂　明44）『桐の花』（東雲堂　大2）に相通じる感受性を持った近代人茂吉が摑んだ、言葉が歌となって立ち上がる原型的な姿である。

（『鬣』70号　二〇一九年二月）

五 つらつらつばき

前回触れたように、色とオノマトペが連動して詩が立ち上がる例として、『万葉集』やゴッホに学んだ茂吉の紅の入日があり、椿と血が祝祭的空間を展開する犀星がいる。

「紅」と「椿」は、先年亡くなった現代歌人の藤井常世にも印象的に用いられている。

若からぬ身に照り映えてもみぢ葉の赤し朱しと迫る寂しさ（『氷の貌』平成元年／「紅きはまれり」）
夕もみぢ紅《こう》きはまれり辿りきてここにやすらぐいちにんのため（同）
蕾かたき椿もながき寒のはて一念凝《こご》るくれなゐふかし（「椿森」）
やぶ椿白玉椿をとめ椿黒き椿も咲かせ森を閉づ（同）

ここに歌われているのは、犀星のように奔出する生命の力ではない。「もみぢ葉」の鮮やかな朱は、老いの地平が見えてきた身に終焉の輝きを見せる。寒に鍛えられた「椿」は紅を黒に深め、森は凝固した命を沈潜させていく。青春には青春の、老年には老年の命を鮮やかに形象するのが「紅」と「椿」である。それだけ生の感触に根差したモチーフなのだ。

「紅」が『万葉集』において、命と愛を象徴する根源的な色であったように、「椿」も常緑の生命力ゆえに呪的に用いられてきた。

巨勢山のつらつら椿つらつらに見つつ偲はな巨勢の春野を（巻第一・五四）
河上《かはのへ》のつらつら椿つらつらに見れども飽かず巨勢の椿は（同・五六）

「つらつら」は「列なる」から派生したオノマトペであり、ぎっしりと葉が繁り合っている椿の木立が目に浮かぶ。それを「つらつらに」、つくづくとじっくりと見る。椿に充満する生命力が身体に乗り移って見る主体を立ち上がらせ、関係性の構図＝風景となり、オノマトペも重層化する。即ち、「つらつら」という茂みの形状は、「見る」という行為の密度、つくづくと見るという意味に転位し、対象と心情が融合していくのである。岩波文庫の『万葉集㈠』（佐竹昭宏・山田英雄・工藤力男・大谷雅夫・山崎福之校注　二〇一三）は「巨勢山のつらつら椿、つらつらしみじみ見ながら偲ぼうよ、巨勢の春の野を。」「川のほとりのつらつら椿、つらつらしみじみ見ても飽きない、この巨勢の春野は。」と現代語訳をつけている。「つらつらしみじみ」という訳出は、形状と行為の密度が連動し、見る主体の心情が表出されるプロセスを強調している。オノマトペの重層化とは掛詞的な反復によって、物に触れて心が動くリズムを作り出し、歌の形式を展開させることなのだ。

折口信夫は、「叙景詩の発生」（『太陽』大15・6）で、「いづくにか船泊《ふなは》てすらむ安礼《あれ》の崎漕ぎたみ行《ゆ》きし棚なし小舟《おぶね》」（巻第一・五八　高市黒人）「笹の葉はみ山もさやにさやげども我は妹思ふ別れ来ぬれば」（巻第二・一三三　柿本人麻呂）等を挙げて、「つまりよい歌になると、人麻呂のも黒人のも、情景が融合して、景が情を象徴するばかりか、情が景の核心を象徴しているように見えるのである。」と評しているが、掲歌は、叙景歌の原型のように思える。見ることと感じることとの相関性がオノマトペによって作られるのである。鷲田清一はオノマトペについて、「視覚情報をはじめとするさまざまな感覚情報を削ぎ落とし、限られた一語へと、その存在を約《つづ》めとるのである。そしてそれが〈概念〉や〈意味〉でなく、それ自体が音という感覚的な素材であるところに、オノマトペの特性がある」と「感覚による抽象」にその特徴を見ている（『「ぐずぐず」の理由』角川選書　二〇一一）。「つらつら椿つらつらに見つつ」は、風景に心情を読み込む、あるいは映すという形式が成立する以前の、特定の対象を見るという行為から生れるもの、心情が開かれる地点を写し出している。

掲歌の「つらつら」が反復によって意味を加えていくように、『万葉集』には掛詞が技法として自立する前の様相が見られる。

灯火《ともしび》の光に見ゆるさ百合花《ゆりばな》ゆりも逢はむと思ひそめてき（巻第十八・四〇八七）
さ百合花ゆりも逢はむと思へこそ今のまさかも愛《うるは》しみすれ（同・四〇八八）

現代語訳（『万葉集㈤』岩波文庫　二〇一五）は、それぞれ「灯火の光に映えて見える百合の花のように、後（ゆり）にも逢おうと思い始めたのでした。」「（さ百合花）後（ゆり）にも逢おうと思うからこそ、今この時も親愛の情を交わしているのです。」とある。前の歌は「灯火の光に見ゆるさ百合花」までが「ゆりも逢はむ」を導き出す序詞である。「さゆりばなゆりもあわむ」という同音からの連想・展開の仕組みを開示している措辞、序詞の長さは、「後にも逢おう」という本旨よりも、オノマトペがもたらす表現の拡がりに歌の本質があると言っているかのようである。

『万葉ことば事典』（大和書房　二〇〇一）の「語法・表記」の項目（佐佐木隆）には、序詞・枕詞・掛詞が複雑な構成を持つ歌の解説がある。

をみなへし佐紀沢《さきさわ》に生ふる花かつみかつても知らぬ恋もするかも（巻第四・六七五）
我妹子《わぎもこ》に衣かすがの宜寸川《よしきがわ》よしもあらぬか妹が目を見む（巻第十二・三〇一一）
我妹子を早み浜風大和《やまと》なる我《あれ》松椿吹かざるなゆめ（巻第一・七三）

第一首は「佐紀沢に生える花かつみ――かつて知らない恋をすることだ」の意で、「をみなへし」が「佐紀」にかかる枕詞であると共に、「佐紀」は「咲き」との掛詞である。また「をみなへし」から「花かつみ」までの三句は、「かつて」（まったく…ない）という副詞を「音韻的に」導くための序詞であり、序詞の中に枕詞と掛詞が含まれる。第二首は「あの娘に衣を貸す――春日の宜寸川――縁《よし》もないものか。あの娘に逢いたい」。「我妹子に衣」が「貸す」を「意味的に」導く序詞、「かすが」は「貸す」と「春日」の掛詞、「春日の宜寸川」は「よし」を「音韻的に」導くための序詞であり、「二重序」になっている。第三首の「早み浜風」は「早く吹く浜風」の意であるが、「早み」には「我妹子を（早く見たい）」の意が掛詞的にこめられている。「我松椿」には「我を待つ妻」が類音で掛けられている。

佐佐木が、第一首の本旨は「かつても知らぬ恋をするかも」第二首の本旨も「よしもあらぬか妹が目を見む」と共に二句のみ、第三句の主旨も「「浜風よ、大和の松椿（待つ妻）を吹き忘れるな、決して」という単純なものである」と指摘するように、テーマよりも序詞・枕詞・掛詞の巧妙な絡み合いが歌を歌として成り立たせている。また、「音韻的に」「意味的に」と序詞の種類を区別して説明されていたように、表現を多層化する機能として、同音・類音という音の繋がりと意味的な関連が等価に扱われている。「感覚による抽象化」が音と意味を結んで内容を飛躍させるのである。歌は声に出してうたうものであることを改めて思い起させてくれる

これらの進化した修辞法の始まりの地点が、「さ百合花ゆりも逢はむ」である。同じ性質の歌として次の歌も挙げられる。

奥山のしきみが花の名のごとやしくしく君に恋ひわたりなむ（巻第二十・四四七六）

「奥山のしきみのその花のように、しきりにあなたに恋い続けることでしょうか」の意で、三句まででは「しきみ」のシキから類音によって「しくしく」を導く序詞である（『万葉集㈤』岩波文庫　二〇一五）。類音という繋がりを開示することが、歌の言葉になる。本旨に焦点を結ぶまでの音やイメージのざわめきが、思いの強さの表出には必要なのである。「しきみ」から「しくしく」へ、奥山の花の

残像や残響を伴いつつ、音を介して新たな結びつきが生れることによって、概念や意味には還元されない特定の心の状態が作り上げられていくのだ。「さ百合花ゆりも逢はむ」は巻第十八、「奥山のしきみが花のごとやしくしく君に」は巻第二十に収められており、『万葉集』の第二部（巻第十六〜二十）、大伴家持の「歌日誌ともいうべき資料を四つの巻に分けたもの」（『万葉ことば事典』・橋本達雄「万葉集の編纂と形成」）とされている。『万葉集』を始めとして上代の歌は、後代に比べて序詞、枕詞が多用されているということであるが、家持は、これらの素朴な序詞に歌の幼年期を見たのであろうか。

ところで、万葉の時代は、漢詩文が移入された時期でもある。中でも『文選』は中国古典の必読書とされ、後々まで浸透していった（『文選／詩篇㈠』岩波文庫　二〇一八　川合康三の「解説」）。『文選』にも相関語（掛詞）や畳語が頻りに用いられている。

楽府《がふ》四首・飲馬長城窟行　古辞

青青河辺草　青青《せいせい》たり河辺《かへん》の草
綿綿思遠道　綿綿として遠道を思う
遠道不可思　遠道は思うべからざるも
夙昔夢見之　夙昔《しゅくせき》　夢に之を見る
夢見在我傍　夢に見れば我が傍らに在るも
忽覚在陀郷　忽として覚むれば陀郷《たきょう》に在り

（略）

青々と茂る河のほとりの草。ずっとずっと思う遠い道のあなた。
遠い道のりは思うすべもありませんが、夕べ、夢の中であなたにお会いしたのです。
夢の中ではわたしのそばにおられたのに、ふと目が覚めればよその土地に。

（『文選／詩篇㈣』岩波文庫　二〇一八　川合康三・富永一登・釜谷武志・和田英信・浅見洋二・緑川英樹訳注）

岩波文庫の注釈によれば、「楽府」とは、朝廷の中で音楽（俗楽）を担当する部署であったが、後に集められた歌謡そのものを指すようになり、更に後代にはその歌謡に倣って作られた歌謡形式の詩を称するようになった。「古辞」とは作者不詳の作を示し、後漢頃に作られたとされる。

第二行の「綿綿」は細長く連なって絶えないさま。夫のいる所までの道のりが延々と続くことと、夫への思いが果てしなく続くことを掛ける。第四行、「夙昔」は昨夜。「夙」は「宿」に、「昔」は「夕」に通じる。第六行、「陀郷」は故郷でない地。「陀」は「他」に通じる、とある。「夙昔」の裏に「宿夕」があるから、「夢見在我傍」（夢に見れば我が傍らに在るも）に一人寝の空間というメッセージが重なり、妻の遣る瀬無さが生々しく伝わってくる。冒頭の「青青」「綿綿」も隔てられた空間と時間が彷彿とする。素直な感情の表出は、相関語と畳語が支えている。

「青青」「綿綿」は繰返しではあるが、表意文字である漢字は、音よりも意味が強調されて視覚的な印象が増幅される気がする。「せいせい」「めんめん」とは異なり、意味が音を従えている。「夙昔」

の裏に、と言ったが、漢字表記は掛詞において意味の主従関係が生れる。
『文選』には収録されていないが、南朝宋の時代に民間で流行した楽府、「子夜歌」も同様の措辞である。

其七
始欲識郎時　　始めて郎を識らんと欲せし時
両心望如一　　両心　一《いつ》の如きを望む
理糸入残機　　糸を理《おさ》めて残機に入る
何悟不成匹　　何ぞ悟らん　匹《ひつ》を成さざるを

（『新編　中国名詩選（上）』川合康三編　岩波文庫　二〇一五）

「理糸」は繭から糸を繰ること、「糸」と「思」を掛けて乱れる思いをおさめること。「入機」は気持ちが通じ合うこと。織機を前にすることと掛ける。「匹」は二反を指す布地の単位と一対の男女を掛ける、とある。
音が意味を整序する漢詩の相関語と音から意味が派生していく日本語の掛詞。類似する技法でありながら、音と意味の関係性においては対照的である。派生の中でオノマトペが音による表現として自立していくのだ。

（『鬣』71号　二〇一九年五月）

六　風景に声が見える

茂吉の『赤光』では「紅《あけ》のゆらゆらに」「くれなゐにゆららに」と色とオノマトペが連動し、『万葉集』では「巨勢山のつらつら椿つらつらに見つつ」（五四）と見ることと感じることがオノマトペによって重層化する。オノマトペは言葉が単独では成立せず、相関性の中にあることを教えてくれる表現である。「感覚による抽象」（鷲田清一『ぐずぐずの理由』）で独立した一語として機能するようになっても、もともとは風景と共にあった。今は常套化したオノマトペである「しくしく」もそうである。

楽浪《ささなみ》の志賀さざれ波しくしくに常にと君が思ほせりける（巻第二・二〇六）
春日野に朝居る雲のしくしくに我《あ》は恋ひまさる月に日に異《け》に（巻第四・六九八）
夢《いめ》のみに継ぎて見えつつ竹島《たかしま》の磯越す波のしくしく思ほゆ（巻第七・一二三六）
春雨のしくしく降るに高円《たかまと》の山の桜はいかにかあるらむ（巻第八・一四四〇）
真木の上に降り置ける雪のしくしくも思ほゆるかもさ夜問へ我が背（同・一六五九）
宇治川の瀬々のしき波しくしくに妹は心に乗りにけるかも（巻第十一・二四二七）
沖つ藻を隠さふ波の五百重波千重しくしくに恋ひわたるかも（同・二四三七）
ぬばたまの黒髪山の山菅に小雨ふりしきしくしく思ほゆ（同・二四五六）

心には千重にしくしく思へども使ひを遣らむすべの知らなく（同・二五六二）

「「しくしく」は頻くの畳語形。」（岩波文庫『万葉集㈠』二〇一三）「「しくしく」の語は「波」や「雨」、「雪」等のしきりな様子から連想して導かれる」（同『万葉集㈢』二〇一四）と注釈があるが、これらの「波」「雨」「雪」はより大きな情景を構成する要素としてある。それは、「楽浪《さざなみ》の志賀さざれ波」「春日野に朝居る雲の」「真木の上に降り置ける雪の」「宇治川の瀬々のしき波」「沖つ藻を隠さふ波の五百重波」「ぬばたまの黒髪山の山菅に小雨ふりしき」と二句あるいは三句までが「しくしく」を導く序詞になっていることからも窺える。琵琶湖が広がる大津宮、宇治川の速い流れ、地名が持つイメージの喚起力も受けて「しくしく」は、反復継続する濡れた情景や情感の密度や強度を表す語として「抽象化」される。「ぬばたまの黒髪山の山菅に小雨ふりしき」などは、枕詞（「ぬばたまの」）も係って「黒髪山」が黒々とした女の情念をも感じさせ、「しくしく」を介して風景が心情に焦点化され、心象へと押し上げられる。

「しくしく」に見られるように、オノマトペは風景と心情の重なりを生起する音・リズムとして表す言葉であり、それが特定の状態を指す言葉として定着していったのであろう。「春雨のしくしく降るに」「心には千重にしくしく思へども」も、「しくしく」は単独で「春雨」や「思ふ」に係っている。

オノマトペは、生起する音・リズムでその状態を表す現前的な表現であるが、『万葉集』は、感情の生起に即した発話の順序も特徴的である。

わが背子は　待てど来まさず　天の原　振り放《さ》け見れば　ぬばたまの　夜もふけにけり　さ夜ふ
けて　あらしの吹けば　立ち待てる　わが衣手に　降る雪は　凍りわたりぬ　今さらに　君来ま
さめや　さな葛　後も逢はむと　慰むる　心を持ちて　ま袖もち　床打ち払い　現《うつつ》には　君には
逢はず　夢《いめ》にだに　逢ふと見えこそ　天《あめ》の足り夜を（巻第十三・三二八〇）

あなたは、いくら待ってもおいでにならない。夜が更けて、立って待っている私の衣に降った雪が凍ってしまった。今更、あなたがおいでになる筈がない。後には逢えると自分を慰めて両袖で床を払うけれど、現実にはあなたに逢えない。このように、妻が待ちわびる気持ちを畳み掛けて切なさが頂点に達した所で、せめて夢にだけでも現れて逢ってください。この良い夜に、と訴える。「夢にだに逢ふと見えこそ　天の足り夜を」は、現代的に解釈すれば倒置法であるが、「天の足り夜を　夢にだに　逢ふと見えこそ」と「天の足り夜を」を最初に持って来てしまったのでは、妻の感情の昂ぶりに水を差してしまう。情報の合理的な伝達ではない、生起する感情に即した抒情の論理を見ることができる。

み吉野の耳我《みみが》の嶺に　時なくそ　雪は降りける　間なくそ　雨は降りける　その雪の　時なきが
ごと　その雨の　間なきがごとく　隈もおちず　思ひつつぞ来し　その山道を（巻第一・二五）

み吉野の　御金《みかね》の岳に　間なくぞ　雨は降るといふ　時じくぞ　雪は降るといふ　その雨の　間

なきがごとく　その雪の　時じきがごと　間もおちず　我《あれ》はそ恋ふる　妹がただかに（巻第十三・三二九三）

恋しけば袖も振らむを武蔵野《むざしの》のうけらが花の色に出《づ》なゆめ（同・三三七六）

白たへの衣の袖を麻久良我《まくらが》よ海人漕ぎ来見ゆ波立つなゆめ（同・三四四九）

第一首は、吉野山に絶え間なく降る雪や雨に絶えざる自身の物思いを擬えた後に「思ひつつぞ来しその山道を」と再びその場所を示す。「その山道を　思ひつつぞ来し」ではないのは、「その山道」が単なる場所ではなく、感情の叙述を集約した象徴としての山道だからである。第二首も、吉野山に降る雨や雪に心情を擬える手法は第一首に類似するが、思いの丈を述べた後で、「我はそ恋ふる　妹がただかに」と恋する対象を他ならぬ妹その人として強調する。これも、「我はそ妹がただかに　恋ふる」ではない。第三首も「武蔵野のうけらが花に出なゆめ」と「ゆめ」（決して）を最後に置き、武蔵野のおけらの花の色のように決して表に出して言わないで、ではなく、表に出して言わないで、決して、とまずは自分の思いを言い切ってから、念を押す。第四首も「ゆめ波立つな」ではなく、「波立つなゆめ」である。因みに、「麻久良我《まくらが》」は未詳の地名であるが、上二句「白たへの衣の袖を」は「まく」に係る序詞である（岩波文庫『万葉集㈣』二〇一四）。

抒情とは、感情のアクセントに従うことでもあり、それが相手に訴える直接性と現前性を表出する形式を作り上げていく。荒川洋治は散文と詩について、散文は「人間の正直なありさまを打ち消すもの」だが、詩は「とても個人的な感覚や判断に基づく」と述べている（『詩とことば』岩波現代文庫 二〇一二）。情報の合理性に基づいて表現を整序し平準化するのが散文であるとすれば、詩は感情の身体性に基づいて表現を解放しようとする形式なのだろう。その始発的な姿が『万葉集』にある。
意味が音へと解体し、オノマトペが囃し詞になっているのが、時代が下った『閑吟集』である。

世間《よのなか》はちろりに過ぐる　ちろりちろり（四九）
くすむ人は見られぬ　夢の夢の夢の世を　うつつ顔して（五四）
忍ぶ軒端に　瓢簞は植ゑてな　置いてな　這はせて生らすな　心の連れて　ひょひょらひょひょめくに（六八）
扇の陰で目を蕩めかす　主ある俺を何としょうか　しょうかしょうかしょう（九〇）
ただ人には馴れまじものぢゃ　馴れての後に　離るるるるるるるが　大事ぢゃもの（一一九）
添ひ添はざれ　などうらうらと　なかるらう（一四六）
おりゃれおりゃれおりゃれ　おりゃり初《そ》めておりゃらねば　俺が名が立つ　ただおりゃれ（二六七）
来し方より　今の世までも　絶えせぬものは　恋といへる曲者　げに恋は曲者曲者かな　身はさらさらさら　さらさらさらさら　更に恋こそ寝られね（二九五）

「瓢箪が風にヒヨヒヨと動くさまに、心の浮かれる状態をかける。」（六八）「「離るる」意を強調するために、「る」を重ねた唱法が特色。」（二一九）「「おりゃる」は「御入《い》りある」の転で、来るの尊敬語。」（二六七）と浅野建二の注釈がある（ワイド岩波文庫『新訂　閑吟集』一九九二）。瓢箪が風に吹かれる様の「ヒヨヒヨ」という浅野のオノマトペも面白いが、「ひょひょらひょひょ」は浮かれ度合いが強い。「主ある俺を何としょうか」は、思案の言葉が「しょうかしょうかしょう」と反復されて調子を取る詞になる。「おりゃれ」もこれだけ繰り返されると、誘い込むというよりまさに呼び込みである。調子の良さに身体が反応し共鳴する。「離るるるるるるる」も過剰なまでの強調は、遊女の自戒を超えて音遊びのナンセンスと化す。これらの歌詞の底を流れているのは、「何せうぞ　くすんで　一期は夢よ　ただ狂へ」（五六）という無常観に立った享楽性である。

折口信夫は、「歌は調子だけあればよかつた。形式があれば、無内容であつても、其調子の暗示するものがあるとせられた。歌は、斯くの如く偏頗なものなのだ。調子がありさへすれば、それで皆、何かを感じさせるのだ。」（『日本文学の発生序説』齋藤書店　昭22）と『万葉集』の「無心所著《しょぢゃく》の歌」（巻第十六・三八三八「我妹子が額に生ふる双六の牡《ことひ》の牛の倉の上の瘡」同・三八三九「我が背子が犢鼻《たふさき》にするつぶれ石の吉野の山に氷魚《ひを》そ懸《さが》れる」）を踏まえて述べている。『閑吟集』の音遊びもその一例であろう。二九五番の元歌は、「竹の葉に霜降る夜はさらさらに独りは寝べき心地こそせね」（和泉式部『詞花集』恋下）である。式部の歌は、竹の葉に霜降る音「さらさら」と全く（ない）という副詞「更更」が掛詞になっており、情景が心情という核心に収斂していく。しかし、『閑吟集』の歌は、

「さらさらさら　さらさらさら」の反復が「世の中に絶えせぬものは」と響き合って、流れゆく水の世というイメージが背景を作る。「さらさら」流れゆく水の如き世でも更に更に生れる恋にこの身を焦がし、全く（「更に」）眠ることができない。音遊びは直接的な呼応ではない、より広い文脈も呼び込んで、重層的で立体的な空間へと言葉を開いていく。

意味の枠組みが成立していない場合、言葉は呪術的な文字の塊りと化す。

まひらくつのくれつれをのへたをらふくのりかりがみわたとのりかみをのへたをらふくのりかりが甲子とわよとみをのへたをらふくのりかりが。

「幾つかの試訓があるが、首肯できるものに接しない。」という鴻巣隼雄の注釈（『日本古典文学全集1』小学館　昭48）がある『日本書紀』斉明紀童謡《わざうた》（社会的事件の前兆、予言）である。区切ることもできず、「のへたをらふくのりかりが」の反復のみが判別できる。折口が言う「調子がありさへすれば、それで皆、何かを感じさせるのだ。」とは、意味の枠組みを前提としており、意味と音の往還の中で概念には還元できない「調子」やオノマトペが形成されていく。

「しくしく」と「くれない」の言葉遊びは、昭和歌謡にも息づいている。橋本淳の作詞である。「半分少女」（一九八三・小泉今日子）では「あー私のココロは悲しくしくしく泣いてるわ」「あー私のココロは嬉しくしくしく感じるの」と一番のあざとい常套句は二番でハッピーの強調形になる。この軽やかな遊戯は、メタアイドル・キョンキョンのイメージにはまる。音の感受性の柔軟さは、橋本の父が童謡詩人・童話作家の与田準一であることも影響しているのだろうか。

「半分少女」を溯ること十四年、「くれないホテル」（一九六九・西田佐知子）は、遣る瀬ないエロスである。

あなた知ってる　くれないホテル
傷を背負った　女がひとり
そっとブルース　くちずさみ
真紅のベッドに　涙をこぼす
ああ　くれない　くれない
誰が名づけた
くれないホテル

淫靡ないかにもの紅《くれない》のベッドで、愛をくれない男を思い切れずに泣く女。万葉の紅の女たちの末裔は、愛を与えて深い痛手を負う女である。エロスと絶望が重なる「くれないホテル」は赤い夜と黒い昼を生きる女たちの空間である。

（『鬣』72号　二〇一九年八月）

七 「死んでも」歌謡曲

日頃、いくつかのCDをローテーションで聴いている。『由紀さおり Complete Single Box』（二〇〇九）もその一つである。タイトル通り、由紀のシングル曲の集成であり、「夜明けのスキャット」「手紙」「ルームライト」「恋文」「挽歌」等々、おなじみの歌を楽しむことができる。昭和の歌はドラマと情景があるなあと思い、押しつけがましくならず鮮やかにそれらを喚起させる由紀の歌唱にも魅了される。

歌詞も大人である。中でも「手紙」（一九七〇 作詞・なかにし礼）は、次のように始まる。

死んでもあなたと　暮らしていたいと
今日までつとめた　この私だけど
二人で育てた　小鳥をにがし
二人で書いた　この絵燃やしましょう

この歌が流行った頃は子供で、モダンでテンポがいい曲だ位にしか思っていなかったが、今改めて聞くと、いきなり「死んでもあなたと　暮らしていたい」とは、ドキリとさせられる。無理を承知のエロスの深さが「死んでも」で巧みに言い留められている。さらりとした由紀の歌い方だからこそ、声の後から思いの深さが響いてくるのだろう。

そう言えば、一九七〇年前後の歌謡曲には、「死」が歌詞に現れるものが少なくない。森山加代子の一九七〇年のヒット曲「白い蝶のサンバ」（作詞・阿久悠）も「恋は心も　いのちもしばり／死んで行くのよ　蝶々のままで」を繰返し、「あなたに　抱かれて／わたしは　蝶になる／朝日の中　うつろな　蝶は死ぬ／はかないいのち　恋の火を抱きしめて」と恋と引換えの「さだめ」として蝶は死ぬ。こちらの「死」はダブルミーニング的で意味深長である。少し溯れば、森進一「花と蝶」（一九六八年作詞・川内康範）の「花が女か　男が蝶か／蝶のくちづけ　うけながら／花が散るとき　蝶が死ぬ／そんな恋する　女になりたい」とシンプルで強烈な歌詞がある。その二年前にも、森は「死んでもお前を　離しはしない」で始まる「女のためいき」（一九六六年　作詞・吉川静夫）を歌っていた。やはり「死んでも」である。由紀とは対照的に、地面に刻み付けるようなリズムで、「しんんでぇも〜おまぁあえぇを〜」と顔中を顔にして歌う森の姿には、只ならぬものがあった。子供心にも立入禁止の夜の世界を感じた。

この時期の歌謡曲には、究極の境地としての「死」がなぜ頻出するのだろう。思い浮かぶのが、西田佐知子「アカシアの雨がやむとき」（作詞・水木かおる）と時代の受け止め方である。

アカシアの雨にうたれて

このまま死んでしまいたい
夜が明ける　日がのぼる
朝の光のその中で
冷たくなった私を見つけて
あのひとは
涙を流して　くれるでしょうか

輪島裕介『創られた「日本の心」神話』（光文社新書　二〇一〇）によれば、この曲は一九六〇年四月の発売当初は売れず、ヒットし始めたのは一九六二年頃からで、同年にレコード大賞特別賞を受賞し、翌一九六三年には映画化もされている。このタイムラグについて輪島は、「あくまでも事後的に安保闘争の社会的記憶、とりわけ女子学生・樺美智子さんの死の記憶」と歌詞が重ねあわされ、「感傷的・通俗的なレコード歌謡のうちにこそ真正な民衆性が存するのだ、という思想が、六〇年安保の経験に強くこだわる人々の間に共有されてゆくことによってはじめて、《アカシアの雨がやむとき》が「六〇年安保の歌」として社会的に記憶されえたのです。」と述べている。

「アカシアの雨がやむとき」は、政権打倒を目指す政治闘争とその挫折の心情が投影されることで、「我々の歌」になったと言える。一九六〇年一月に日米相互協力及び日米安全保障条約が調印され、五月一九日には衆議院で強行採決される。全学連を中心とする抗議運動が拡大していく中で、六月一五日国会議事堂に突入したデモ隊が機動隊に制圧され、東大の学生であった樺美智子が圧死する。岸信介は翌一六日にアイゼンハワー大統領訪日の中止を決定、新安保条約は参議院の承認を得ないまま六月二〇日に成立、二三日に岸信介内閣は総辞職するという緊迫した動きであった。「アカシアの雨がやむとき」の一ヵ月後に政治の季節は昂揚し、程なく鎮静化するが、時間の密度は濃い。

輪島が、安保闘争の思想について、「基本的には高学歴学生層を中心としたインテリとその予備軍（あるいは亜インテリ）」であり、「社会的には「上」に属する人々があえて（という身振りを強調しながら）「下」を理想化し、それに仮想的に同一化するという点で、転倒した形ではあれ、きわめてエリート主義的な振る舞いであったことは見逃せません。」と指摘しているのは、当時の大学進学率の低さから考えて妥当であろう。一九六一年五月に刊行された石坂洋次郎『あいつと私』は、安保闘争を背景にした学園小説である。主人公の浅田けい子や黒川三郎たち東京の学生が、夏休みに三郎の車で東北まで旅行し、岩手の奥羽山脈から横手へ抜ける時、伐採工事の人夫たちに次のように言わせている。

お前たちだな、こないだ議事堂の前でトラックを焼いたり巡査に石をぶつけたりしたのは……。アンポが何だっていうんだよ。オレたちがこんなに貧乏して、お前ら学生が、そうやって女づれで遊びまわってる矛盾はどうしてくれるんだよ。

石坂は、人夫たちは「この辺の農家の二、三男坊だろうな」と三郎に言わせているが、都会と地方の落差をまざまざと感じさせる場面である。けい子が「このとき、私どもの中に、全学連の中のどんな能弁の指導者がいたとしても、裸の若い人夫たちを説得することは出来なかったであろう。」と作者の気持ちを代弁している。田舎の貧しい若者にとって、「学生」は一色の概念でしかなく、「アンポ」反対運動など所詮は恵まれた人間の遊びであるという反感は、当時の現実の半面を映し出している。

一方で、闘争に参加した学生たちを直に見ていた街の人々の反応は異なっていた。小熊英二は、当時の報道が伝える「ぼくら家族持ちはようやれないけれど、ありがたいなと思います」「わたしは彼らに対して、ほんとうに済まない、申しわけないという気持ちでいっぱいでした」「だから何だってんだ、学生さんがあんた、やりたくてやってると思うかい」「学生さんたちをこんな気持にまで追いやった政府を恨みます」等、街の声を紹介しつつ、学生への好意と共感を読み取っている（『〈民主〉と〈愛国〉』新曜社　二〇〇二「第十二章　六〇年安保闘争」）。それは、生活に埋没する中で自分たちが失いつつあった「無私」で「純粋な正義感」への支持であり、「自分が戦争に抗議する知恵と勇気をもたなかったために、死に追いやる結果となった肉親や友人の姿を、悔恨とともに学生たちに重ねていた」心情から発したものであった。小熊は、全学連の支持基盤は「下町風の正義感とラディカリズム」であり、「岸政権への抗議と、共通体験としての戦争の記憶」が人々の連帯を支えていたと指摘している。

直接的な見聞と遠くの乏しい情報から得た印象では、これだけ違うのである。石坂は、「都会のぐれん隊風に、髪をもっさり伸ばした若い人夫たち」と片田舎の若者たちが都会への羨望を反抗的な姿で表していることも描いている。一見両極にある田舎の若者の屈折と都会の学生の挫折は、重なり合って時代の気分を作っていったのではないだろうか。「アカシアの雨がやむとき」がヒットするまでのタイムラグは、時代の気分に虚脱感が浸透していく時間でもあったように思われる。

六〇年安保闘争の後に、六八年全共闘の季節が来る。再び小熊によれば（同書「第十三章　大衆社会とナショナリズム」）、六〇年代後半には急速な高度経済成長と大学進学率の増加によって、大衆社会も都市化していく。戦争体験者であった安保闘争世代に対して、全共闘の学生たちは戦争を知らない若者たちであり、マス化していく大学から「人間としての真実をとりかえしたい」という要求を実現するべく「急進的かつ精神的な運動」を展開していく。安保闘争のように人々の広い支持はなく、内攻化し党派間の抗争が激化し、七二年二月、連合赤軍による浅間山荘事件に至って終焉を迎える。

「死んでも」歌謡曲は、時期的には全共闘の季節に近いが、先鋭化した閉塞の果ての死というニュアンスは感じられない。誰の心の底にも横たわっているものを掬い上げている。作詞者のなかにし礼、阿久悠は一九三七年生れ、川内康範は一九二〇年生れという生年を考えると、失われた束の間の連帯と孤独な情念の行方を描いている気がする。「手紙」「白い蝶のサンバ」「花と蝶」「女のためいき」、いずれも一対の女と男の風景しか出て来ない。「アカシアの雨がやむとき」のように背景としての街もない。それは、共同体から切り離された個が営む関係性である。

平岡正明は、演歌と呼ばれた昭和歌謡を「都市下層音楽としてのブルース艶歌」と名付け、「艶歌ルネッサンスとは、北島三郎、青江三奈、森進一、クールファイブのブルース艶歌全盛期である。青江三奈と森進一がブルース艶歌の地ならしをした上に、一九六九年に藤圭子が来た」と六〇年代後半の見取図を描いている（『大歌謡論』筑摩書房　一九八九「第二十一章　Hou Deep Is The 古賀メロディ」）。平岡は、「ブルース艶歌は都会音楽である。（略）全国各都市で東京のミニチュア都市として再開発された姿を、東京人が見物に出かけるときの視線である。それは中央集権の完成された像である。」といわばご当地の「〇〇銀座」の歌として「ブルース艶歌」を捉えている。『あいつと私』の「都会のぐれん隊風」の髪形をした「この辺の農家の二、三男坊たち」の羨望は、このような歌に吸収され、仮構された東京に同調していく。「都市下層音楽」と意味付けるように、平岡は「下層志向」について、「貧しい人々の群れに降りたつということを直接には意味せず、自分の中の不幸に下りてゆくということだ。」と述べている。

この時代と境遇に生まれた偶然＝運命を思い、「青い山脈」の歌詞のように「古い上着よ　さようなら／悲しい夢よ　さようなら」とはならなかった失われた戦後を思う時、「不幸」という言葉が嵌まる。その甘美さも味わい、飼い慣らすことが生きていく上で必要なのだ。「死」を乗り越える愛は、現実には成立しないゆえに、「死んでも」歌謡曲を聴くことは慰めになる。また明日を生きていくことができる。

一九七一年に開始された日活ロマンポルノの初期を担った俊英たちも、一九二七年生れの神代辰巳、三四年生れの加藤彰、三七年生れの田中登、同年生れの山口清一郎、曽根中生、小沼勝と「死んでも」歌謡曲の作詞者たちと生れた時期が重なる。彼等の作品にも死とエロスが横溢するが、気になるのは、生々しい「血」の扱いである。田中登「牝猫たちの夜」（一九七二）では、幻想シーンで昌子が誠の胸にビニール傘を突き刺し、くるくる廻すたびに血で染まっていく。同年の曽根中生「㊙女郎市場」では、お新が親分のイチモツを喰いちぎってしまい、畳に血の帯ができる。中でも加藤彰の「愛に濡れたわたし」（一九七三）は印象が強い。土砂降りの雨が北国の港町のバーの扉を叩き付けるシーンから始まり、ラスト、そのバーでかつて働いていた女、美和（宮下順子）が、同じような土砂降りの夜に舞い戻って、ずっと探していた夫を刺す。夫の腹から血が噴出する。これについて加藤は、「でも僕は血を浴びせたかったんです。返り血を浴びることがあの女の締めくくりであり、そこに意味があるわけです。」と後年のインタビューで答えている（『愛の寓話』第1巻　東京学参　二〇〇六）。ここには、全共闘で自壊した革命の夢と代償としての肉体が投影されている。その後の時間も含んで「死にまで到るエロス」が形象化されるのである。

（『鬣』73号　二〇一九年十一月）

【追記】樺美智子の死因について、本エッセイでは「圧死」と書いたが、その後読んだ江刺昭子『樺美智子　聖少女伝説』（文藝春秋　二〇一〇）によると、最初に死体を検視した監察医、解剖を執刀、あるいは立ち会った法医学者の鑑定結果が食い違い、「美智子を死に至らしめた原因は、今も謎のまま持ち越されている。」「圧死説と扼死説があるが、どちらかというと、圧死説のほうが流布している。」という状況である（「五章　六月十五日と、その後」）。同書によれば、東京地検が公表した解剖結果は圧死である（『朝日新聞』昭35・6・17）が、同日夕方には総評弁護団が、樺の死は警官隊の殺人行為によるものとして、小倉警視総監及び十五日夜国会に出勤した全警察官を殺人罪で最高検察庁に告発している。八月六日、「傷害致死事件」として捜査してきた東京地検が圧死という結果を公表し、事件は不起訴処分となった。江刺が挙げている、当日デモに参加した樺の友人榎本暢子の手記にある「ウオーッととびかかって来た獣のような警官群。あっという間もなく、頭をガンガン殴られ、必死に逃げようとしながらもボーッと気が遠くなってしまう私。」という一節（『人知れず微笑まん　樺美智子遺稿集』三一書房　昭35・10）や、美智子の解剖を執刀した慶應病院法医学教室教授中舘久平の助手を務めた中山浄の、四か月に亘る動物実験結果の発表（『週刊現代』昭35・12・25）を読むと、実態は扼死ではなかったかと思う。石坂が『あいつと私』で描いた、地方の貧しい若者たちが主人公たちに放った「アンポが何だっていうんだよ。」という言葉を置いてみると、時代の底にわだかまる怨念が見えてくる。美智子を死に至らしめた警察官も、地方出身者だったかもしれない。ぬくぬくと大学に進学して、何でも知ってるような顔しやがって、偉そうに。しかも、女のくせに生意気な、という屈折した劣等感とジェンダー差別が憎悪となって噴出し、彼を暴力に駆り立てたのではないか。

八　犀星、硝子戸と遊ぶ

室生犀星の『鶴』（素人社書屋　昭3）『鉄集《くろがね》』（椎の木社　昭7）は、数々の彼の詩集の中でモダニズムが最も色濃く反映されている。『愛の詩集』（感情詩社　大7・1）『抒情小曲集』（同、大7・9）の抒情詩人のイメージが強い犀星であるが、「詩といふものはうまい詩からそのことばのつかみかたを盗まなければならない」（『我が愛する詩人の伝記』中央公論社　昭33）と晩年に回想している通り、心に留まったものを貪欲に吸収し変化しつつ、自在な詩風に至っている。『鉄集』には、「硝子戸の中」という章で硝子戸をモチーフにした詩が収められている。

おれは硝子の箱のなかにゐた。
硝子を透して見た木の葉の色は一層鮮やかだつた。

「二重の硝子戸」（初出『文学』昭5・3）

若葉は二重の硝子戸のそとに戦いてゐる。
何倍かに殖えて見えるが、
硝子のそとには一本きりしか
樹木が立つてゐないのだ。

「二重の硝子戸」（初出『作品』昭5・6）

犀星は現象の発見の喜びを率直に表出している。稚拙と言ってもいい、素朴な表現である。同詩集は、「白いボートが吊されてゐる／美しい背中が見えてゐる。」（「背中」）「僕はあらがねを鋳つて、／それをよく敲いて、／一枚の椎の葉をつくつた。／僕の小鳥がその上で啼く。」（「椎の葉」）等の隠喩的結晶度の高い作品が特徴的なので、この直截さは目立つ。犀星がうたうように、昭和の硝子戸は素通し感が低い。実家の小さい倉庫の引戸は木枠に沿って幾枚かの硝子がはめ込まれている。それらを通して庭を眺めると、八手の葉が波打って見える。現在のように大きくて強度が高い一枚ガラスを作れる技がなかったためであろう。『くらべる時代　昭和と平成』（おかべたかし・文　山出高士・写真　東京書籍　二〇一七）の中で、「昭和のガラスコップ」「平成のガラスコップ」が並べられている。前者はプレスガラス、後者は吹き回しガラスということで、透明度が低くデコラティブな感じが我が家の硝子戸とも通じる。そのような硝子戸越しのうねる風景を、犀星は喜々として眺めているのである。

犀星の家にはいつ頃から硝子戸があったのであろう。『室生犀星全集』第三巻（新潮社　昭41）の扉写真では、犀星が座敷の端に座り、その脇の篠竹に陽が差している庭先に、まだ幼いおかっぱ頭の長女朝子が立っている。右端に、真中に硝子を嵌めこんだ雪見障子が写っている。見出しは「大正十四、五年頃・田端の自宅にて」である。『室生犀星文学アルバム　切なき思いを愛す』（青柿堂　二〇一二）には、「大森谷中の自宅縁側にて　昭和三、四年頃」という写真が掲載されている。犀星は、硝子戸を開け放った縁側で肘掛の付いた籐椅子に坐り、身を乗り出して庭の向うに視線を送っている。

同アルバムの、室内で長男豹太郎（大10・5・6誕生、大11・6・24夭逝）を抱くとみ子夫人の写真には、雨戸は写っているが硝子戸は見当たらないので、昭和に入ってからではなかろうか。因みに『寂しき都会』（聚英閣　大8）所収の「春さき」には、「田端は田舎である／藁、枯草、煤煙、砂ほこりなど／みな温かさうにこんもりとする春さき／すぐ近くの女理髪人の店さきを通ると／その硝子戸の内に／おかみさんのよこがほが／にくらしく桃色にけふはことさらに上気してゐるのが見える」とあり、東京の店屋では大正半ばにはガラス戸が普及していたことが窺える。

犀星は、硝子戸を美の増幅装置として見ていたらしい。随筆集『薔薇の羹』（改造社　昭11）所収の「映画のエロティシズム」で、「人間の腕も一度機械を経由して来ると、美しさが倍化し誇張されて見える。硝子戸越しに見る樹木の枝や葉が一層美しいやうに、映画では西洋人の腕が肩から指さきまで整うた量と線とからなる、生き身の鮮かな感じで迫つてゐる。」と述べている。硝子戸は映画のフィルム同様、対象の存在感を強化し、本物以上の本物らしさを映し出す媒体なのである。連載の第三回「数寄屋橋の夕映えに」で触れたように、犀星は若い頃から映画好きで、『天馬の脚』（改造社　昭4）にも映画時評が収められている。映像体験に類似するものとして、暮しの中の硝子戸が捉え返され、美が更新されていく。

媒体としてのガラスという認識は、堀辰雄の影響が大きいだろう。犀星は、立原道造、津村信夫、堀辰雄、中野重治、伊藤信吉等、若い詩人たちと親しく交わり、慕われていた。室生朝子『父　犀星と軽井沢』（朝日新聞社　昭62）には、家族ぐるみでの付き合いが生き生きと描かれている。堀のことを犀星は「辰っちゃん」と呼び、とみ子や朝子、朝巳姉弟は「辰っちゃんこ」と呼んでいたらしい。

小学校の頃、クリスマスに英語の絵本を貰ったこと、夏には軽井沢ホテルで一緒にアイスクリームを食べたこと、辰っちゃんこを通して婚約者の矢野綾子と妹の良っちゃんとも親しくなったことが懐かしく回想されている。

『我が愛する詩人の伝記』の「堀辰雄」によれば、堀が母親に伴われて、当時田端に住んでいた犀星を訪ねて来たのは、まだ一高生であった二十歳の時である。「よい育ちの息子の顔附に無口の品格を持つたこの青年」とその印象が語られている。犀星は、「堀辰雄は生涯を通してたつた数篇の詩をのこしただけであるが、その小説をほぐして見ると詩がキラキラに光つて、こぼれた。こぼれたものを列べてみると、それはみな詩の行に移り、よどみない立ちどころの数篇の詩を盛りあげてゐた。」と堀が遺したものを評しており、天性の詩人的感性を過たず捉えている。

堀とレスプリ・ヌーボーとの関わりについて、渡部麻実「科学と天使――堀辰雄とジャン・コクトー」(『日本近代文学』83集　二〇一〇)は、コクトーが二十世紀の新たな文学の模索として、見えないものを可視化するために「速度と角度」を改変させる「鏡やガラス」を頻用したこと、コクトーに傾倒していた堀がそれを受容したことを論じている。

堀の短篇「即興」(『驢馬』昭3・2)には、次のような件がある。

自動車が何台となくその硝子に映りながら、ちやうど一かたまりになつてゐる焼林檎の上を疾走してゆく。しかし焼林檎は決してつぶされない。この店の前を通り過ぎる人々もその硝子の上に、フイルムの中の群集のやうにふと映つては消えてしまふ。それらの人々の中にまぎつて私の友達が映りはしないかと私はぢつと見てゐる。そんな風に、硝子の中にあるものを見やうとしないでそれに映るものばかり見つめてゐると、その硝子の中の西洋菓子のきれいな色彩だけがぼんやりと感じられてくる。

堀がいみじくも「フイルムの中」と表しているように、硝子戸という媒体は三次元の実体を二次元に変換し、硝子戸の内外は映像となって交錯し、夢幻的な美が交響する。堀が描き出しているのは、倒錯的な映像のリアリティであり、可視化された都市の感受性である。これに対し、あくまでも「生き身の鮮やかさ」の増幅を見るのが、犀星である。堀は『鉄集』評（『椎の木』昭8・11）で「二重の硝子戸」（初出『文学』）に触れ、「殆ど無意味に近く見える」が「その一語一語が切なく顫へてゐる。塀の外に出てゐる鋭い枝さきだけを見せつけられてゐる感じだ。」と述べている。美の出会い、発見の喜びの愚直なまでの率直な表現が、方法論的な文学者である堀には眩しいほどに新鮮だったのだろう。

「硝子戸の中」には、「硝子は風景に深みを見せる。／硝子は暗さを湛へてゐる／硝子は真理を一層真理的なものに見せる。／硝子の凹みで女の顔が伸びちぢみする」という「硝子」もある。犀星にとっての硝子の意味をうたった作品だが、抽象的観念で終らず、「硝子の凹みで女の顔が伸びちぢみする」という具体的な現象に着地するのが犀星らしい。

犀星は、存在の肉体性を手放すことがなかった。章題作の「硝子戸の中」である。

冬の鋭い硝子戸の中に、
おれはその内側にゐるのだか
外側にゐるのだかが能く分らない、
おれは硝子戸に爪を立てて見て
それが硝子だといふことを知るだけだ。

犀星は、「爪を立てて」硝子戸の直截な質感を味わう。堀辰雄的な映像化された感覚を楽しみつつも、増幅装置もまた肉体を持つことを確かめるのである。
晩年の随筆集『硝子の女』（新潮社　昭34）巻末に収められた「消える硝子」は、次の文章で始まる。

ガラスの女といふのは、ただ言つただけで硝子のやうな女がゐるとも、ゐないとも言ふ訳ではない、ことばが透明で美しいからさう附けたのである。けれども私はひそかに硝子を透して見た世界とか、女とかいふ意味も考へてゐたのである。も一つは何時も硝子の壜の中に、ずつと何十年か前の記憶がアルコール漬になつてゐて、見ようとすれば何時でも、そこに記憶の山河があり女の人も見られるふうに考へてゐた。（略）或日の私はガラスを透して見た顔に二重の美しさを見附け、ガラスの中に誰かが泳いでゐる閃きを感じたものである。

「ガラス」という言葉から触発されたイメージが「硝子の女」として一人歩きをし、肉体を持って立ち上がる。記憶の女性たちがガラス越しに甦り、犀星の創作意欲が掻き立てられていく。美の増幅装置は実体のみならず、犀星の言葉も肉体に変換する。晩年の犀星はそこまで来ている。

実体も言葉も等しく肉体を備える世界は、幼少期の体験に根差しているのだろう。犀星は、同じく「消える硝子」の中で「大抵一個づつのラムネの玉を、たいせつに私達は所持してゐた。」「私はしじゆうラムネの玉を耳の穴か、口の中かに入れてこれを愛玩してゐた。玉はやさしく無限にすべつこい。そのたびに口元がこじ開けられ、玉を吐かせられたが、私は大概おとなしく青い玉を吐いてゐた。」と回想している。照道《てるみち》少年は、思うがままに硝子玉を口内で愛撫し、その感触を味わっていたのである。肉体を基点とする犀星の特徴がよく出ている。

犀星は、次のようにも述べている。

玉は悪質のガラスで泡つぶだらけであり、拡大された写真で見た月の内部にあるぶつぶつが吹き出てゐて、ちひさい月の感覚も充分にあつた。

ラムネ玉は、ミニアチュールの宇宙幻想も喚起し、現実とイメージが交わりつつ、孤独な少年は自分の世界を拓いていく術を覚えていったのだろう。「私はいまでも愛情とか愛人とかいふことばに出会すと、このラムネの玉が百畳くらゐある畳のうへに、一つきりころがつて笑つてゐるやうな気がした。」という文章は、ガラスを磨くように自分の世界を研ぎ澄ましていった犀星固有のエロス的世界である。

ところで、犀星は、硝子戸を俳句に詠んでいたのであろうか。『室生犀星句集　魚眠洞全句』（北国新聞社　昭52）を見てみる。

硝子戸に梅が枝さはり固きかな（大13・2・16『日記』、『魚眠洞発句集』昭4）
硝子戸に夕明りなる蠅あはれ（『月明』昭16・9、『犀星発句集』桜井書店　昭18）
冬に入る玻璃戸を見れば澄めりけり（『犀星発句集』桜井書店）

管見では、この三句のみであったが、何かが触れる、あるいは何かを映すことを介して、硝子戸の硬質で透明な質感を摑んでいる。犀星は、「雪もよひ障子のあをみ増さりゆく」（大13・3・12『日記』）「寒竹の折々さはる障子かな」（『日記』大14・12・10）「足袋と干菜とうつる障子かな」（『不同調』昭3・9、『魚眠洞発句集』）と、同じように障子も詠んでいる。硝子戸、障子、あるいは襖。犀星はそこで何かが出会い交わる媒体としての肉体に目を留めていたのである。

（『鬣』74号　二〇一〇年二月）

九　残像の津村信夫

昭和初年代の青年たちは、リルケを愛読した。堀辰雄は、『文芸』第二巻十二号（昭9・12）に翻訳「窓」を掲載し、木下夕爾は「昔の歌　Fragments」（『生れた家』詩文学研究会　昭15）で「――毎夜　私はリルケの詩集を枕がみにおいてねむつた」とうたっている。昭和十四年六月には、第一書房から『リルケ詩集』（茅野蕭々訳）も出された。

犀星は、戦時中に『日本美論』（昭森社　昭18）を刊行している。タイトルが示すように、日本の風土、生活様式、銃後の生活を美的な視点から描いたものである。中でも、障子、家、畳、窓、木、庭をモチーフにした作品は、フェテッシュな視線が感じられる。犀星は、序文で「純日本的な日常生活の諸様式が、ときに甚だ精神的に自分の生涯に大きい影響をあたへてゐること」を詩の様式で表したと述べているが、出来上がったものは、モダニズムである。「詩といふものはうまい詩からそのことばのつかみかたを盗まなければならない」（『我が愛する詩人の伝記』中央公論社　昭33）と晩年に自分の詩法を吐露している犀星は、気になった表現をどんどん咀嚼し吸収していった。

『日本美論』の「窓」の章は、堀が訳した「窓」の影響が感じられる。

（略）

窓は奥の方に
よく見える眼を守つてゐる、
窓は窓を過ぎるものを忘れない、
人はどんな生ひ立ちのなかでも
大切に心にしまつてゐる
一つの窓くらゐは持つてゐる筈だ、
それは滅多に人に話をしない
おとつときの額ぶち入りの窓だ
それを聞いて物語をかき
そして窶れてはてて蝗のやうになつて
死ぬ奴がゐる、
一体そいつは誰だらう、
骨と皮になつてゐた奴は誰だらう。
この僕さ

「耳」

お前はわれわれの幾何学ではないのか?
窓よ、われわれの大きな人生を
雑作もなく区限《くぎ》つてゐる
いとも簡潔な図形。

お前の額縁のなかに、われわれの恋人が
姿を現はすのを見るときくらゐ、
かの女の美しく思はれることはない。おお窓よ、
お前はかの女の姿を殆ど永遠のものにする。

此処にはどんな偶然も入り込めない。
恋人は自分の恋の真只中にゐる。
自分のものになり切つた
ささやかな空間に取り囲まれながら

「窓Ⅲ」

窓は、本来見えない内側を外側から見させる。しかも、ある対象をその枠組みの中に嵌め込むことによって、その存在を意識させる。それは覗き見るという行為と対になって固有の関係を結ばせる。窓という額縁は、「自分のものになり切つた」空間を現出させるのだ。区切られること、覗き見るこ

とを介して、対象は深遠な内部と化すのである。リルケは、それを人生に敷衍しているが、自分の体験で言っても、「金沢21世紀美術館」に行った時のことが想起される。無料の休憩ゾーンに、コンクリートの天井が一部四角く切り取られ、吹き抜けになったスペースがあった。壁に沿ってベンチが並び、訪問者はベンチに凭れて四角い穴から空を眺めることになる。区切られた空は刻々と雲が流れて青空を変化させ、いつまでも見飽きないのであった。

堀が訳したリルケの「窓」は、男女の出会いと別れを窓をクローズアップして描いた連作であるが、犀星の「おとつときの額ぶち入りの窓」は、対象を深遠化する窓の作用をよく捉えている。世代を問わずによいものは「盗む」犀星の詩法がここでも発揮されている。犀星は、媒体としての肉体を持つ硝子戸と共に、硝子戸が嵌め込まれた窓の象徴性も攫んでいたのである。それに留まらず、犀星は、人が窓の内側に仕舞っているものを暴いて物語を書き、わが身に祟ってしまう因業な存在＝小説家としての自画像も展開している。客観的な意味付けでは終わらず自分の肉体に同化させる、犀星の面目躍如である。それは、犀星最後の自伝となった「私の履歴書」（『日本経済新聞』昭36・11・13〜30）で述べた、『杏っ子』のベストセラーについての感想「書くよりほかわれわれは存在しない。」という言葉の凄みに繋がっている。

前回触れたように、犀星と親しく付き合った若き詩人の一人が、津村信夫（明42・一九〇九〜昭19・一九四四）である。信夫の父は、法学博士の津村秀松、兄は後に映画評論家となった津村秀夫である。信夫も堀同様、夏は軽井沢に滞在し、家族ぐるみで犀星一家と往来していた。室生朝子『父犀星と軽井沢』（朝日新聞社　昭62）には、白い夏のスーツを着た信夫の腕に朝子の弟朝巳が手を絡ませて同じ方角を見、後ろに朝子が満面の笑みで歩いているスナップ写真が掲載されている。信夫がいかに犀星の子供たちからも懐かれ慕われていたかがわかると共に、ふっくらとしたその横顔からはいかにも育ちのよい青年ぶりも窺える。

信夫は、昭和十一年に、『リルケ詩集』を訳したドイツ文学者、茅野蕭々の養女昌子と結婚した。『現代日本詩人全集』第11巻（創元社　昭28）の津村信夫「小伝」には、「外国文学はトルストイ、ドフトエフスキー、ゴーゴリ、ラゲレルフ、フランシス・ジャム、ドオデ、リルケらの作品を愛読した。」とあるが、実生活でもリルケとご縁があったのが面白い。

信夫の詩に現われた窓は寂しげである。

さかしらな耳を喪つてから、潮騒は私に聞えなくなった。
みどり濃い海の表面《おもて》の時間が、やがて瞳に映らなくなつた。
或る日　窓のカーテンをおろして。粗笨な鉛筆で、私は一枚の海を描いた。

「仕事」（『愛する神の歌』四季社　昭10）

一つの窓は鎧戸で閉されたまま久しく落日の的になつてゐた。

「夕暮」（同）

窓は　さう云ふ風にしか思はれなかつた　水いろの服地の娘が　身を投げかけて　今しがた人を
見送つてゐたやうな……
（略）
風が来て　窓がひらく
水いろの服地の娘が　身を投げかけて　今しがた人を見送つてゐたやうな……
その窓は　桔梗の空を映したまま　また閉ざされてしまつた

「猟館」（『或る遍歴から』湯川弘文社　昭19）

信夫の窓は、「仕事」のように、風景をその人の心に閉じ込める。あるいは「夕暮れ」のようにその家族の生活を閉じ込める。それは、内なる時間を完成させるためである。窓は、外の世界を取り込むと共に、内なる人の佇まいも彷彿とさせる。ドイツの哲学者ジンメル（一八五八～一九一八）は、窓の意味を扉と比較して「たしかに窓は、屋内と外界を結合するものとして、その他の点では扉と似ている。しかし窓にたいする目的論的感情はほとんど一方的に内から外への方向をとっている。窓は外を見るためのもので、内を覗くためのものではない。なるほど窓はその透明さによって内部と外部との結合をいわば慢性的に、連続的に成立させている。しかしこの結合が一面的な方向しかたどらず、また、窓が目のための一通路でしかないという点に限定されているところから、窓には扉のもつ深い原理的な意義のほんの一部が分け与えられているにすぎない。」（「橋と扉」一九〇九『ジンメル著作集』第12巻　白水社　一九七六）と述べる。結合しつつ分割するという原理から見れば、それを介して人が往来する訳ではない窓は扉に比べて限定的であるというのである。しかし、この限定的性質が、扉にはない形而上性を窓に与えている。それは、「仕事」に見られる自己と対話する時間であり、「猟館」における残像を想起させる窓である。

形而上的な窓と言えば、やはりリルケであろう。『リルケ詩集』から挙げてみる

現実は明日にも、その夜にも来るかもしれなかつた。
恐らくは来たのを人が隠したのかも知れない。
そして高い、すべてを持つ窗の前に
彼女は急に気随な庭苑を感じた。

これは私の窗だ。丁度
私は軟かに眼がさめた。

「ピアノの練習」第二連（『新詩集』第二巻）

私は自分が漂ふのかと思つた。
何処まで私の生は達し、
何処に夜が始まるのだらう。

私は思ひたい。私は未だ
周囲のすべてだと。
水晶の底のやうに透明で、
暗がつて、黙してゐる。

私はまた数多の星を
自分の中に持つてゐたい。
それ程大きく私の心が見える。
それで彼を喜んで放してやつた。

「愛する女」第一〜三連（同）

リルケの窓は、俯瞰する視点を内なる人に与える。そして、夜に本領を発揮する。「私」は透明な媒体である窓と同化して、外なる闇と星空を内包する身体となる。壺中の天ではないが、内と外は逆立する。この詩は、覚醒する前の身体が媒体を介して外と交感する生々しさも持っている。

世界の肉体と向き合う魂を描いたリルケの窓に比べて、信夫の窓は可憐で繊細であり、密かに想念を紡ぎつつその残像を映し出す。信夫と言えば、辻征夫が『私の現代詩入門』（思潮社　二〇〇五）でも引用していた「荒地野菊」（『或る遍歴から』）が印象に残る。「川で溺れた少女のことは／もう誰も口にしなかつた」が、「少年は駈け出した／物影を見て駈け出した／／野に光つてゐるもの／ひともと揺れてゐるもの／／荒地野菊　荒地野菊」と、少女の面影が荒地野菊に宿って、死が優しく手招きするのである。

信夫の詩から、失うことと表裏一体の対象へのいとおしみを感じるのは、アディスン氏病という難病に罹って三十五歳で夭逝したことが頭にあるからかも知れない。朝子が信夫の葬儀の日について、「蟬の鳴き声にまじり、「ノブスケよ、サヨウナラ」と読んだ犀星の弔詞は、今でも私の耳の底に残っている。」（『父犀星と軽井沢』「津村信夫」）と記しているように、信夫の死に犀星は、「君を呼ばんとすれば声かすみ、敢て無理にも別れんとするものなり。」と慟哭した。天に召されたという表現がふさわしい信夫の窓は、信夫自身の面影も宿している。

（『鼈』75号　二〇一〇年五月）

十　木下夕爾と広島の〈窓〉

繊細で静謐な詩風で愛され続けている詩人、木下夕爾（大3・一九一四〜昭40・一九六五）は、現在の福山市に生まれた。『若草』の投稿家として堀口大学に認められ、東京で文学を学ぶために昭和七年に上京、翌八年に早稲田高等学院文科に入学するも、昭和十年四月、故郷御幸村で薬局を営んでいた義父の逸が結核で倒れ、運命が一転する。夕爾は薬局を継ぐべく、早稲田を退学し、名古屋薬学専門学校に入学、卒業した昭和十三年に帰郷し、亡くなるまでその地で暮した。

夕爾の未発表の小説に「稲月村界隈」がある。××県稲月村に疎開している画家の小山さんの眼を通した村落譚である。小山さんには夕爾が投影されているが、「稲月村新制中学校図画教師」を拝命した小山さんの同僚として登場する駅家君も、夕爾の分身である。国語を受け持つ彼は、「青白い顔に眼鏡をかけた青年」であり、日本の詩人は一刀両断に否定し、「ライナア・マリア・リルケ。実に僕らのグランメエトルですね」とリルケを崇拝する。リルケ熱といい、フランス語交じりの会話といい、若き日の夕爾が戯画化されている。因みに駅家《えきや》は、御幸村の隣町であり、茶目っ気が窺える。

駅家君は、小山さんに「リルケに血道をあげてゐる文学青年」と揶揄されてしまったが、リルケは若き夕爾の愛読書の一つであった。堀辰雄、津村信夫、夕爾、年齢は五歳ずつ離れているが、昭和初年代の青年たちに与えたリルケの影響の大きさがわかる。

夕爾の第一詩集『田舎の食卓』（詩文学研究会　昭14）は、翌年の『文芸汎論』詩集賞を受賞するが、モダン都市東京の軽快さと孤独をうたっている。「アドバルウン」「エレベエタア」「百貨店」「旅客機」「パラシユウト」と、都市の風物を点綴する中に「窓」がある。

街は見るまに昏くなつて来た　そしてしばらく羊歯の葉のやうにざわめいた　本屋の戸口や百貨店の食料品売場で　私たちは考へたかも知れない　南側の窓の鎧戸のこと　それからもう取りかへてもいいカアテンのことなどを――明るさがまた地球にもどつて来た（略）

「驟雨通過」

南欧風の光景を構成するモチーフとして「南側の窓の鎧戸」がある。「窓」は、非日常を演出する記号の一つとして扱われている。

化学教室の白い窓框に
のびあがり　のびあがり
攀緑植物が優しい手をかける

その翼をヂュラルミンのやうに光らせて
友よ　また秋がやつて来た

「新しい季節の手」第一、二連

こちらは、名古屋薬学専門学校での日々から着想されている。学校生活の窓というより身近な光景も、同じくモダニズムの視点で捉えている。『田舎の食卓』は帰郷後に刊行されたが、収録されている作品は、浮遊する記号とイメージに満ちている。
夕爾の「窓」が暮しを映すようになるのは、第二詩集の『生れた家』（詩文学刊行会　昭15）においてである。

眼にちかい海　一つの波が牆をとびこえる
とびこえてはすぐに息絶える　若い波がまた立ちあがる
麦藁帽子のやうにゆれる日まわり
白い水着についた松の花粉
わらひごゑ　光る汗のアスピリン
私は古い椅子の上にゐる　私のうしろに家がある
家は大きい　さうして私のなかでは傾いてゐる
厨で魚を焼く匂ひ　食器をあらふ音

かつて私のすてたものがいま私をとりかこむ
窓から母親がよびかける　若若しい声で
黄いろい書物が私の手からすべりおちる
よはよはしい噴怒《ママ》のやうに　風がしきりに頁をめくる
私のために　母親のために　そのほかの人のために――

「生れた家」

「私」は家に背を向けて坐っており、「窓」は私の風景の中にはない。疎外されている「私」と「私」を疎外する家を繋いでいるのが「窓」である。母親は「窓」から「私」に呼びかけ、「私」はその声を後ろから聞く。「窓」は、私が自在に操るモチーフではなく、外界との関係性を映し出す現実の象徴として現われる。それは、意に添わぬ帰郷生活の中にいる夕爾の心象である。

『昔の歌』（ちまた書房　昭21）『晩夏』（浮城書房　昭24）で、夕爾の窓は一旦姿を消す。「ならんでる／ならんでる／アパートの／四角な窓　窓／一つ一つに／人が住んでる／何かしている」（「ならんでる」）という『児童詩集』（木靴発行所　昭30）の子どもの感受性に立った発見を経て、夕爾生前最後の詩集になってしまった『笛を吹くひと』（的場書房　昭33）に再び現われる。

夕爾は、『朝日新聞』に依頼されて、「火の記憶　広島原爆忌にあたり」（昭30・8・2）「同じ空の下にルポルタージュ詩「広島」」（昭31・8・4）を寄稿している。「火の記憶」は、「自分の影」に「あの日石畳に刻みつけられた影」（住友銀行前石段の「死の影」）を重ねて、犠牲者の死を自分の命に繋げており、従来の夕爾の外に出て世界を大きく広げている。「同じ空の下に」は、サブタイトルにあるように、夕爾の眼が捉えたより記録的な描写である。

　有刺鉄線にかこまれて、原爆ドームは朝の影を川波の上によこたえる。夏草に影を落すねじれ曲つた螺旋階段に、あの日天空までかけ上つた人の足のうらが見える。がらんどうの窓々は、永遠にひらきみつめる眼のようだ。そのあたり、たくさんの雀が巣くつている《ママ》私たちは言い合つた。巣くつているのは鳩ではなかつたのか。でもこの廃墟には雀の方がふさわしいかもしれぬ。彼らは鳴きつれながら飛び立ち、飛びかえる。その巣からわらくずがぶら下がり、くずれかけた壁に点々と糞が光る。

　S銀行前の石畳の、死の人影はもうない。小さな鉄柵が、その場所だけを抱いている。十年が、かき消してしまつたのだ。いや、人々がめいめい持ち去つたのだ。日盛りの、やけた歩道をあるくとき、人々はめいめいのその影を踏む。私もまた眼を落してそれを踏みしめる。いつ、どこで、私たちが自分で焼きつけなければならぬかもしれない影である。

「同じ空の下に／原爆ドーム」

　十年後の被爆地広島において、夕爾の「窓」は現在と過去、地上と天上の通路として復活する。原爆ドームの「がらんどうの窓々」は、命を突然に奪われて止まったままの生の時間を刻印しつつ、あの世での死者たちに思いを向けさせる。西洋の宗教画でこの世のものならぬ光が上方から差し込むように、この世とあの世の距離と連続性に気付かせるのである。ここにも、窓の形而上性がある。夕爾は「同じ空の下に」の「慰霊碑まえ」でも原爆ドームに注目する。

大型バスがとまつた。ひとむれの観光客を吐き出した。平和記念広場の、原爆慰霊碑の前である。古代の埴輪をかたどつた弧の中に、はるかにあのドームがうかびあがる。がらんどうの窓々が、ここからは痛ましい笑いのように見える、「あやまちはもうくりかえしませんから」という碑文字の上に。鳥籠の形の資料館に向かつて遠のくと、ドームが消え去る。ドームよりもなお私たちの顔をこわばらせるものがそこにある。あかさびた時計の針が今もあの一瞬を指し示す。暑さと汗といつしょに、とけくずれたものがべろべろと私たちにまつわりつく。（略）

昭和二十二年八月六日に浜井信三広島市長は、「広島の原水爆投下は過去の人類の歴史を一変せしめ、ここに恒久平和の必然性と真実性を確認せしめる〝思想革命〟を請来せしめた。（略）永遠に戦争を放棄して世界平和の理想を地上に建設しよう」という「平和宣言」を行い、二十四年八月六日に「広島平和記念都市建設法」が公布される。翌年から平和記念公園の工事が始まり、三十年三月に公会堂、五月に平和記念館、八月に原爆資料館が完工する（『炎の日から二〇年　広島の記録Ⅱ』中国新聞社編　未来社　昭41）。平和記念都市が着々と建設されることが、広島を原爆投下された観光地に変えていく状況を、夕爾は的確に捉えている。原爆ドームの「がらんどうの窓々」は「痛ましい笑い」でその光景を見守るのである。夕爾は、窓を介して戦後の広島に堆積された時間を追体験し、「とけくずれたものがべろべろと私たちにまつわりつく」と「あの一瞬」が引き起こした焦熱地獄を感じ取る。夕爾の「窓」は、十年後の広島を体験することによって、見えないものと共鳴しより深く広い世界を拓いていく媒体となる。

夕爾は、昭和三十九年末頃から腸の不調を訴え、翌四十年五月に岡山大学附属病院に入院、手術を受ける。本人には横行結腸閉塞と伝えられたが、実は横行結腸癌であった。一旦は小康を得るも再び体調が悪化し、八月四日に逝去した。翌八月五日の『中国新聞』に掲載された「長い不在」は絶筆となった。

かつては熱い心の人々が住んでいた
風は窓ガラスを光らせて吹いていた
窓わくはいつでも平和な景色をとらえることができた
雲は輪舞のように手をつないで青空を流れていた
ああなんという長い不在
長い長い人間不在
一九六五年夏
私はねじれた記憶の階段を降りてゆく

うしなわれたものを求めて
心の鍵束を打ち鳴らし

かつての平和な光景の中心は「窓」である。「窓ガラス」は風と戯れて光っている。内外を繋ぐ媒体は、生きた時間と触れ合う実体でもあるのだ。「窓わく」はそれぞれの家の暮しを保ちつつ外の景色を取り込む。「長い不在」では「窓わく」と特定することで、区切りつつ交わる内と外の親和的関係性がより明瞭になっている。それは調和と秩序のある平和な世界である。

若き日の夕爾は、「化学教室の白い窓框」を「攀緑植物が優しい手をかける」モダニズムの意匠として用いた。晩年は、「汽車の窓枠に／誰かのたべのこしたアイスクリームのように／無惨に溶けてしずくを垂らしている／私の半生」(「海沿いの町」『木靴』43冊　昭39・9)と「窓枠」は、人生を外から遮断し、ゴミのように片隅に取り残す装置に変容している。しかし、「長い不在」の「窓わく」は、抗えない現実の力に囚われた否定的な区切りではなく、あるべき世界の姿を象徴する媒体である。ここに来て、若き夕爾が愛読したリルケの窓が風景を支える。

区切りつつ交わる平和の窓を確かめた夕爾は、失われた実在を求めて、内なる「階段」を降りていく。外に眼を開かせる窓は内を探る通路を作り、それを辿って夕爾はこの世の向う側に出ていったのである。

(『鬣』76号　二〇二〇年八月)

十一　山姥と山姫

昨年の夏、越前大野に帰省した折に、郷土歴史博物館に「幕末改革の光と影展」を観に行った。幕末の大野藩と言えば、県立大野高校の校歌（三好達治作詞）にも詠み込まれている「大野丸」である。四万石の小藩が建造した洋帆船で、蝦夷地、樺太まで航行した。それを巡る展示でなかなか面白かったが、久しぶりに常設展も観た。そこで眼を引いたのが、檀家寺の洞雲寺所蔵「姥尊像」である。解説には、伝鎌倉時代の制作で、立山の本尊であると記してあった。萎びた乳房を垂らし、顔に深い皺を刻んだ恐ろしげな姥神の木像である。

広瀬誠「立山の御姥信仰」（『白山・立山と北陸修験道』名著出版　昭52）によれば、オンバサマと呼ばれた姥尊像は、立山山麓の宗教村落岩峅《くら》・芦峅と併称される芦峅の姥堂に祀られていた（岩峅の本尊は立山権現）。縁起には、天地開闢の際に、左手に五穀、右手に麻の種を持って降臨し、本地は大日如来であると記されている。秋彼岸の中日には、女人救済の行事である布橋灌頂が盛大に行われていた。広瀬は、立山の姥尊の特徴を、イザナミノミコトに類似する「万物造化の母神にして、同時に冥府主宰の女神――衆生生死の総政所」という存在の大きさにあると考察し、他の霊山でも折々見られる「卑賤な脱衣婆」のような姥とは異なると述べている。

越後・加賀・信濃・三河・尾張からも、大勢の信女を集めた芦峅の姥堂は、明治維新の廃仏毀釈によって破却され、姥尊像も売り払われ、布橋灌頂も廃されるという運命を辿る。

姥尊像がどのような経緯で洞雲寺に渡ったのかは不明であるが、異なる土地に移される中で、本尊のご威光は失われてしまったのではないかと想像される。日本の仏教は本地垂迹であるから、寺社に神像が祀られていても不思議ではない。大野は、石川、福井、岐阜の県境に位置する白山とご縁が深く、あちこちに白山神社がある土地柄なので、神仏習合は浸透していたであろう。それにしても、この「姥尊像」は、なかなか迫力がある。姥と言えば山姥で人を取って喰らう異界のイメージであるが、そもそも姥神とはどんな神なのか。

柳田国男は、『日本の伝説』（アルス　昭4、新潮文庫より引用）で「水の神様が、後に姥神の名をもって知られた子安の神であった」（「驚き清水」）「御大師様の清水には「関の姥様《おばさま》」が必ず出てくる。」（「大師講の由来」）と述べている。「御大師様の清水」とは、大師が地面に杖をさすと清水が沸き出たという「杖立て清水」の伝説を指す。

この「大師」について、柳田は、「大子、もとはおおご、大きな子、大男という意味であったが、漢字の音で呼ぶようになってから、神と尊い方の子の他には使わないようになった。後にはたいし、聖徳太子ばかりを指すようになり、「だいし」という古い言葉が田舎に残っていたために、仏教の大師と紛れることになった。」と述べている。「姥」についても、「大子が実は児の神であり、姥はもと神の御子を大切に育てた故に、人間からも深い信用を受けたのであろう。」「姥はただ女の人のことであった。叔母、おば（後々叔母になるべき二番め以下の娘の田舎での呼称）も、もとは一つの言葉であった。それを老女のように考え出したために、三途河の婆様のようなおそろしい石の像になった。」とも述べている。漢字と仏教の伝来によって、「大きな子、大男」は有難い意味に転用され、「姥」もまた意味が特定されイメージが付与されて、子を育てるという営みから神話が成立していく。あるいは、神話の成立が人間の営みに意味付けを行ったのである。

水は人間が生きるために不可欠であるし、子は宝である。人間が類として命を継続していくために必要なものが、水の神・姥神・子安の神として多面的に神格化されていったのであろう。命を介在させる存在が、姥神なのである。

柳田は、次のようにも言っている。

山姥ももとは水の底に機を織る神と一つであった。もとは若い男神に毎年新しい神衣を差し上げたいために、機を織る姫神を清水のかたわらにおいて拝んだ。
（「機織り御前」）

山姥は、水底の機を織る姫神から分化した姿なのである。機織も、かつては生活に欠かせない業であった。山から湧出る一滴の水が川になり、山に水源があることを考えれば、水の神が山の神に変容し、三途の川の婆のイメージから姫が婆になるプロセスが想像できる。漢字と仏教という知の体系は、人々に概念の分節化と新たな形象を教え、祈りや畏怖というこの世を支えている向こう側の世界を活性化し、豊潤にしていく。文化が生まれ育つ姿である。

ところで、白山も女山と言われている。山は、女性を想起させるのだろうか。加賀金沢生れの室生犀星は、「自分は次第にその滑らかな峯の上に何かが跪坐を掻いて坐つてゐ、その姿が無類に美しいものに見えた。」「彼は女人だか男性だか曖昧な中性のものに見えたが、何かその温和さは寧ろ女人以上に美しかつた。」（「山嶽」／『薔薇の羹』改造社　昭11）と犀星らしい肉体的表現で、おそらく富士山を賛美している。

玉井敬泉「白山の祭神と信仰」（『白山信仰』雄山閣　昭60）によれば、白山は泰澄によって十一面観音が本地として祀られ、垂迹は白山比咩《ひめ》神とされる。同書の下出積與「龍形神の意味」は、平安中期の『泰澄和尚伝記』を紹介している。泰澄の夢に「天衣瓔珞で身を餝れる貴女」が現れ、そのお告げに従って白山を登攀し、「緑碧池の側」で一心不乱に祈ると、池の中から「九頭龍王の形」が出現する。泰澄が「此れは是れ方便の示現なり、本地の真身に非ず」と責めると、「十一面観自在尊の慈悲の玉体」が忽ち姿を現す。下出は、垂迹に女体と龍形があり、十一面観音という本地に展開させるという二つの形式を推察している。白山の女神は水の神でもあり、大慈悲の菩薩と結び付けられていくのである。その背景について、井上鋭夫は、「翠池が権現の出生地といわれるのは、白山はもと水神・龍神であって、農業用水の水源地として崇拝されたことを考えさせる。」（「白山への道」同書）と述べている。命を育む水は荒ぶる龍神にも麗しい観音にもなり、水を育む山も姫神となり姥神となる。山と水と女は相関し溶解しつつ、時代によって姿形を変えて神格化されて来たのである。

和歌の世界でも、奈良の東方の佐保山が春を司る佐保姫、西方の立田山が秋を司る立田姫（龍田姫）とされている。佐保姫、立田姫という語彙を用いた歌を代表的な歌集から拾い上げようとすると、用例は少ない。

花のちることとやわびしき春がすみたつたの山の鶯のこゑ（藤原後蔭『古今和歌集』巻二・春歌下・一〇八）

たがための錦なればか秋ぎりの佐保の山べをたちかくすらむ（紀友則、同巻五・秋歌下・二六五）

秋ぎりはけさはな立ちそ佐保山の柞《ははそ》のもみぢよそにても見ん（よみ人しらず、同・二六六）

竜田河もみぢ乱れてながるめりわたらば錦中やたえなむ（よみ人しらず、同・二八三）

竜田川もみぢばながる神なびのみむろの山に時雨ふるらし（「ある人、ならのみかどの御歌なりとなむ申す」同・二八四）

竜田姫たむくる神のあればこそ秋のこのはのさとちるらめ（かねみの王、同・二九八）

佐保姫の糸そめかくる青柳をふきなみだりそ春のやまかぜ（平兼盛『詞花和歌集』巻一・春・一四）

谷川にしがらみかけよ竜田姫みはのもみぢに嵐吹くなり（藤原伊家『金葉和歌集』巻三・秋・二四七）

白雲のたつたの山の八重ざくらいづれを花とわきて折らまし（道命法師『新古今和歌集』巻一・春歌上・九〇）

立田姫いまはのころの秋かぜにしぐれをいそぐ人の袖かな（摂政太政大臣、同巻五・秋歌下・五四四）

後代に和歌の規範となる『古今和歌集』でも、立田山が春に、佐保山が秋に用いられており、かなり自由である。秋と言えば、立田山ではなく、立田川を詠むという印象すら受ける。佐保姫、立田姫を用いる場合は、貴族の生活を背景にした美意識を殊に打ち出しているようである。姥神、龍神、権現といった信仰からは切り離されて、季節の美の化身となっている。

レトリックとしての佐保姫、立田姫は、後代の類題和歌集、即ち題によって歌を分類した用例集によって定着したのだろう。田山花袋は、和歌から文学の道に入ったが、『東京の三十年』（博文館　大6）で、「歌の本は私の宅にかなりに沢山あつた。それと言ふのも、父が多少歌詠《うたよみ》で、明治の初年の勅題に当選したことがあつたためであつた。怜野集、草野集などといふ歌集が沢山に宅の本箱の中にあつた。」（「明治二十年頃」）と回想している。明治二十年代から三十年代にかけて夥しく刊行された美文韻文集の嚆矢となったアンソロジー、『美文韻文花紅葉』（博文館　明29）の三人の著者の一人、武島羽衣は、歌人でもあったが、「初学のもの、読むべき歌書」として、「万葉佳調、怜野、古今選、草野、鰒玉、鴨川の諸集を熟読して、歌の姿しらべ、風致など心うと共に、歌に用ゐるべき言語を豊富ならしめよ」（『霓裳歌話』博文館　明33）と近世に刊行された類題和歌集を薦めている。類題集は和歌の手本として、明治に至っても広く読まれたのである。

代表的な類題集である『怜野集』『草野集』から佐保姫、立田姫の用例を見てみる。

柳　佐保姫のいと染かくる青柳を吹な乱りそ春の山かぜ　（『怜野集』兼盛）

柳　さほ姫のねみだれ髪の青柳をけづりやすらん春の山かぜ（同、匡房）
柳経年　山姫のとしのを永くよりかけてはるは絶せぬ青柳の糸（同、知家）
紅葉　山姫の天つひれかも紅の末摘花にそむる梢は（『怜野集』覚性法親王）
森紅葉　山姫の恋の涙や染つらん紅ふかきころもでのもり（同、内大臣）
紅葉深　長きよの例にせよと立田姫常よりことに染るもみぢば（同、読人不知）
紅葉欲散　谷河にしがらみかけよ立田姫峯の紅葉に嵐吹なり（同、伊家）
紅葉散　龍田姫たむくる神のあればこそ秋のこのはのぬさとちるらめ（同、兼覧王）
紅葉散　山姫にちへの錦を手向ても散もみぢ葉をいかでとゞめん（同、顕輔）
秋恋　もろ人の袖まで染よ立田姫よその千入をたぐひ共みん（同、内大臣）
瀧紅葉　おち瀧津もみちをわくる白糸はなせに山姫のそめのこしけむ（『草野集』杖直）
暮秋紅葉　立田姫秋のわかれの涙もやしくれとなりて木々をそむらん（同、蘆庵）

青柳に佐保姫、紅葉に立田姫という組合せが枠組みとして選ばれている。春・秋の区別なく「山姫」としている歌もあり、歌ことばとしての記号化が洗練されていく経緯が窺える。

山も水も、畏怖と信仰の対象から美の体系に組み込まれていく流れの中で、明治二十年代半ばに、それに抗うような詩人が現われた。北村透谷である。

（『鬣』77号　二〇二〇年十一月）

十二　「仙姫」の行方

北村透谷（明元・一八六八〜明27・一八九四）は、日本近代文学の先駆者である。処女出版の『楚囚之詩』（春祥堂　明22）「自序」で、「元とより是は吾国語の所謂歌でも詩でもありませぬ。寧ろ小説に似て居るのです。左れど、是れでも詩です、」と述べているように、透谷は表現形式に対して鋭敏であった。「歌」＝和歌、「詩」＝漢詩でもなく、novel の翻訳語としての「小説」に近いが、「詩」＝新体詩（明治期における「近代詩」の呼称。poetry を手本にした、文字通り新しいスタイルの詩である）であるという屈折した自注に、新しい時代を切り開こうとする自負心と不安が表れている。『楚囚之詩』は、一旦は店頭に並べたものの、作者の透谷が気後れして回収してしまったため、長らく稀覯本とされてきた。

そんな透谷が試みた劇詩が、『蓬萊曲』（養真堂　明24）である。内田魯庵が『文学一斑』（博文館　明25）で、ヘーゲル、ベイン等、西洋の文学理論を参照しつつ、叙事詩→抒情詩→劇詩と文学発展の見取図を示したように、当時、劇詩はもっとも進歩した詩の形式であると考えられていた。

『蓬萊曲』の主人公、修行者で子爵の柳田素雄は、真理を求めて旅を重ね、この世では得られぬことを悟って蓬萊山に登攀する。その途中で今は亡き恋人の露姫と瓜二つの仙姫《やま》に出会い、露姫に巡り会うための旅という様相も呈して来る。山頂には大魔王が君臨していて、仙人が棲む蓬萊山は魔が支配する世界と化してしまっていた。大魔王と対決して敗れた素雄は、絶望して死を選ぶが、失神して目覚めた時は、露姫が棹を使う舟の中にいて、慈航湖《じかうのうみ》から彼岸へと渡っていく。「聖善なる天力《ヘブンリー、パワー》に対する観念」と「邪悪なる魔力《サタニック、パワー》に対する観念」（「他界に対する観念」『国民之友』169、170号、明25・10）が相克する世界観芸術を試みて、真理探究と恋愛の希求にテーマが分裂してしまった、若き透谷の野心作である。露姫の造形には、『マンフレッド』のアスターティ、『新曲』のベアトリーチェの影響があると共に、仮象としての仙姫、本体の露姫という設定は複式夢幻能の形式を借りている。西洋の文学からも伝統的な文芸からも、新体詩という新しい文学の糧を摂取する、明治の青年の意欲が窺える。

仙姫は、素雄が奏でる琵琶の音に誘われて唱和し、二頭の鹿を連れて蓬萊原に現われる。

きみ思ひ、きみ待つ夜《よは》の更け易く、
ひとりさまよふ野やひろし。
彼方なる丘の上《へ》に咲く草花を
たをりつゝも連なき身、
誰が胸にかざし眺めん由もなく、
思はずも採めば散りける花片《はなびら》を、
また集むれど花ならず。

透谷没後に、『文学界』同人たちが編集した『透谷全集』（文武堂／博文館　明35）には、透谷の日記を抄出した「透谷子漫録摘集」が収録されている。これを読むと、「天香君」（明23・8・1）「新蓬莱」（明23・9・9）と構想の紆余曲折を経て、『蓬莱曲』が成立したことがわかる。その九月九日に「琴のねきよくひくときにひとりの女出て来りてそゞろに感ず。これが弁才天なること」という件があり、技芸の神の弁才天から仙姫の詩神（ミューズ）としての側面が着想されたことが窺える。一方で、破れた恋を唄う寂しげな風情は、夙に佐藤善也が指摘した（『日本近代文学大系9』角川書店　昭47）ように、ゲーテ『ファウスト』の薄幸の少女、マルガレータの面影が投影されている。仙姫は、「自らは楽し苦しを覚えねど、／日となく夜となく野遊びして／疲る、まではあさりありく。」と語る、浮世を離れた仙女として設定されているが、それに収まらない人間的な陰影が印象的である。

どこへともなく立ち去った仙姫＝露姫を求めて、素雄は歩を進める。そこに樵夫の源六が現われて、蓬莱原には「死の坑《あな》」があり、「誰れ言ふとなく彼《あ》の坑の中には美くしき姫ありて誰《た》が為めに織る衣《きぬ》ならん梭の音《おと》、／ほのかに聞けば彼の梭の音《ね》は、／変はり無き歌を唱ふとなむ。／恨める男《ひと》のありて、其男の来ん迄は彼の坑に梭の音《ね》を断たぬ可しとよ。」と話して聞かせる。

森山重雄が「日本の民俗信仰にいう機織女に基づいているものであろう。」（『北村透谷――エロス的水脈』日本図書センター　昭61）と指摘しているように、透谷の仙姫は、柳田が言う水底で機を織る姫神を想起させる。山は他界の入口とされて来たが、「死の坑」は、「人の彼処《かしこ》に落つるものあれば再び還らぬ別れなり。」という「無底坑《そこなしあな》」であり、生死の根源へと続いている。美しい仙姫の背後には、異形の山姥がいるような気になる。

しかも、これに続く場面では、「死の坑」から出てきた「「恋」てふ魔」が、「美くしき恋しの姫の姿となりて、いまわが前に現はれよ。」という素雄の求めに応じて、一たび姿を消し、機を織る露姫が現われる。目の前の姫が本物なのか、魔物が変化《へんげ》したものなのかは、判然としない。「死の坑」がこの世の認識や枠組みを無化してしまう次元にあり、蓬莱山がこの世とあの世の境界であるならば、この攪乱は境界的な空間にふさわしい。いにしえの姫神は、透谷が向き合った「恋愛」と形而上的世界観を掘り下げる媒体となり、詩人の意識を拓いていくのである。

蓬莱原で再び仙姫に出会った素雄は、仙姫の招きに応じて仙姫洞で一夜を明かす。素雄は、眠れる仙姫を眺めながら「天が成せる真《まこと》の美」を驚嘆し、「緩くは握れど、きみが掌中《たなゝか》には、尽ぬ終らぬ平和と至善、／かたくは閉づれどきみが眼中《まなゝか》には、不老不死《おひずしなず》の詩歌と権威をあつむるとぞ見ゆる。」と称賛して止まない。姫は真善美の体現であり、ベアトリーチェのような天上的存在として描かれるが、深い眠りに入ったままで自らは一言も発しない。素雄は、「是幻なる可きや？　これ現なるべきや？／これ実《まこと》なる可きや？　これ偽なる可きや？／わが想と、わが恋と、わが迷とが、ともにわが為のたくみとなりて／この原に、露姫を、この原の気より／つくりいでしや？」と疑いを畳み掛けていく。ここには、透谷の「恋愛」に対する揺れが表れている。それは、「この原の気」という、近代的な合理には収束、分類できないこの世の存在をも気づかせていく。

慈航湖で本体に戻った露姫は、舟を漕ぎつつ素雄と共に彼岸へ渡る。

これは慈航の湖《うみ》の上、波穏かに、水滑らかに、岩静かに、水鳥の何気なく戯はれ游げる。松の上に昨夜《ゆふべ》の月の軽く残れる。富士の白峯《しらね》に微けく日光の匐《は》ひ登れる。おもしろき此処の眺望《ながめ》を打捨てゝ、
いざ急がなん西の国。

「慈航湖」冒頭の露姫の歌である。謡曲の「高砂」を思わせる道行であると共に、「富士の白峯」は、ふっと透谷の口に上ってしまった表現であろうが、水の女である露姫は、霊山の女神でもあったことがわかる。ここには、自由民権運動離脱直前の紀行文「富士山遊びの記憶」（推定明18夏）での神秘的な体験、「余ハ独り戸を打出でゝ見れバ明月皓〻中天に横はり霊山四隣に塵芥なく地界（此ハ天界なり）の風物山脈唯蒼〻として」という天界の感覚が意識下で働いたのだろう。山の女である仙姫は水底で機を織る水の女・露姫に通じ、逆もまた然りである。これは、仮象と本体と言うよりも、反転し合う関係である。

ベアトリーチェはレーテの川の向こう側に現われたが、露姫は境界に現われ、琵琶を鳴らして素雄を目覚めさせ、彼岸へと先導する。素雄が「忽ち今朝は倶誓の慈航の友。」と呼びかける露姫は、森山が指摘するようにベアトリーチェの崇高さはないが、菩薩を思わせる。仙姫と露姫は、表裏一体と

なって、死と再生に関わる日本の古い神々の姿を伝える。
「山姫」の古層が、中古や中世の和歌ではなく、近代の透谷に表れているのが面白い。透谷は、「悲哀極つて頓眠する時に神女を夢み、劇熱を病んで壁上に怪物の横行するを見る」（『蓬莱曲』序）という幻視する人でもあった。自分の意識の底に降り立つことが、明治近代の皮相を超えた反近代を引き出し、本質的な批判力を生み出していったのである。

闇への指向性は、透谷の人生に基づいているだろう。小田原に生まれた透谷は、十代半ばで自由民権運動に参加するが、程なく運動は末期症状を来たす。大井憲太郎を始めとする自由党の幹部は、打開策として朝鮮独立運動を企て、渡鮮の直前に大阪で逮捕される。いわゆる大阪事件である。資金調達のためには、手段も選ばない状況であった。透谷は、五歳年長の盟友、大矢正夫から強盗計画参加を要請されて、懊悩の末に断り、運動から離脱する。透谷の離脱を黙認した正夫は、大阪事件の一員として逮捕され、大井憲太郎等の首謀者が憲法発布の恩赦で出獄しても、実行犯として囚牢の身のままであった（大矢は、その後、徳島監獄に移送され、明治二十四年十二月に出獄する）。

運動離脱は、透谷の心に大矢への深い負い目と傷を与えた。かつての民権運動の地三多摩に、親交があった秋山国三郎と大矢正夫を訪ねた旅行記「三日幻境」（『女学雑誌』甲の巻　明25・8、9）でも、「遂に大坂の義獄に与らざりしも、我が懐疑の所見朋友を失ひしによりて大に増進しこの後幾多の苦獄を経歴したるは又た是非もなし。」「この過去の七年間は我が為には一種の牢獄にてありしなり。」と述懐している。

石坂ミナとの恋愛、結婚によっても、透谷は、見えない獄舎から解放されることはなかったのだ。透谷は、明治十八年六月に、三多摩の有力な民権運動家の一人であった石坂昌孝に紹介されて、共立女学校の夏休みで帰省していた長女ミナに初めて会う。その二年後、再会した二人の間に恋愛感情が沸き上がる。ミナには、既に、人望ある医者の平野友輔という婚約者もいた。透谷は、一旦はこの恋愛を断念しようとするが、紆余曲折を経て、明治二十一年十一月三日に結婚する。透谷は十九歳、ミナは二十三歳であった。

恋愛時代のミナ宛の書簡（一八八七年九月四日）には、「吾等のラブハ情欲以外に立てり、心を愛し望みを愛す、（略）吾等ハ世に恐るべき敵なきラブの堅城を築きたり、道義の真理にも背かず、世間の俗風をも凌ぎ居る者なり、君よ請ふ生をラブせよ、生も此身のあらん限りハ君をラブす可し、」と語られている。love はキリスト教に由来する、神から分ち与えられた精神を結びつきの根拠とする概念である。ミナはクリスチャンであり、透谷も明治二十一年三月に受洗する。運動離脱後の精神の奈落から立ち上がって生きる拠点が、恋愛という新しい思想であり、婚約者を振り切ったミナも、理念を共有していたことが窺える。

透谷は、恋愛によって再生しようとした。しかし、結婚して三年余の評論「厭世詩家と女性」（『女学雑誌』明25・2）では、恋愛は「想世界と実世界との争戦より想世界の敗将をして立籠らしむる牙城」であるが、結婚によって「想世界より実世界の擒となり、想世界の不覊を失ふて実世界の束縛となる、」と述べている。恋愛もまた、実世界に抗って生きる「堅城」たり得なかったのである。

初期の評論「時勢に感あり」（『女学雑誌』明23・3）は、「君知らずや人は魚の如し、暗らきに棲み暗らきに迷ふて寒むく食少なく世を送る者なり。」と印象的に語り出される。透谷が闇の中で求め、呼び込んだ女性が仙姫と露姫なのだ。

（『鬣』78号　二〇一一年二月）

Ⅲ　見えてくるもの

『夕べの雲』庄野潤三——日常への意志——

『夕べの雲』は、昭和四十年三月に講談社から刊行された。「丘の上」（多摩丘陵）に住む、庄野一家がモデルである大浦、細君、晴子、安雄、正次郎の五人家族の八月末から十二月末に至る日々が描かれている。初出は、『日本経済新聞（夕刊）』昭和三十九年九月から四十年一月までの連載である。

連載当時、丁度東京オリンピックが開催されていた。庄野も「ポストの口から原稿の入った封筒を落し込む。私は家へ戻って、テレビのオリンピックの体操競技の実況中継を見た。」（「『夕べの雲』の思い出」）と毎日の原稿投函とオリンピック観戦がセットになっていたことを回想している。しかし、この小説に、東京オリンピックは出て来ない。描かれているのは、何の変哲もない日常である。大浦は、縁側のすぐ前に植えた庭の萩が大きく成長したことに改めて驚く。思いは、「丘の上」に引っ越した三年余り前に向かう。家族それぞれが新しい生活に馴染もうと身も心も忙しかったこと、風除けの木を植えようと思いながらも時が流れてしまったこと、大阪にいる兄がお祝いの薔薇の苗を送ってくれて、手紙の指示通りにせっせと庭に穴を掘ったこと、駅前の米屋の主人に元肥えの相談をして笑い合ったことが思い出されていく。風除けの木について漸く家族が落着いた頃に植えたのが、眼前の花盛りの萩なのだ（章題「萩」）。

ふっと目に留まったものが、過去を想起させ、風景や場面やそこで交わされた会話も呼び込んで、再び現在に立ち戻った時には、何がしか表情が違って見える。思い出すとは、その人の時間が幾層も厚みを持って立ち上がり、目の前のものに投影されて、固有の生を作り上げていく行為なのである。庄野の淡々とした肌理細やかな描写は、私たちが常日頃、何気なく行っている事の意味を開いていく。

大浦の家族は、山から駅に下りる新しい道を発見し、「中学の道」「まん中の道」「森林の道」「S字の道」と名付けて、新しい環境に馴染んでいく。安雄と正次郎は、「椅子の木」の近くで兜虫取りに勤しみ、山のあちこちに「すみか」も拵える。山の楽しみが活写された後で、「だが、それはひと先ずおくことにしよう。それよりも、彼等がこれほど気に入っていた「山」が、いまは消えてなくなったことを書かなければならない。」と作者が顔を出し（章題「コヨーテの歌」）、大きな団地の造成工事で林が伐採される以前の情景であったことがわかる。『夕べの雲』は、素朴に時系列に沿っているのではない。過去と現在を往還しつつ、ここに至る大浦一家の時間を構築している。そこには、移ろうという世界観が基底にある。

語り手は、「「いつか、そのうちに」というのは、われわれの生活でよく出て来る言葉である。」が、「「いつか、そのうちに」と考えるのは、それがさし迫ったことではないからだ。」と述べる（章題「山芋」）。

そこで、「いつか、そのうちに」ということになるのだが、物事はいつまでも同じ状態で待っていてくれない。大浦が掘りに行くつもりでいた「森林の道」のじねんじょのように、相手の方がいなくなってしまうこともある。そうして、この世でわれわれが知り合うもので、いなくなってしまわないものはない。

さらりと語られたこの一節は印象的である。『夕べの雲』は、動かし難いこの世の宿命を受け入れた者の眼差しが捉えた静謐な日々であり、今日から明日を生きる姿の陰影である。

その姿を象徴する言葉が「ひげ根」である。引っ越した当初、大浦は丘の上の風の強さに驚く。「これでは、風よけの木に何を植えるにしても、先ず風よけの木のための風よけの木が必要になって来る。それがないと、木が根を下すことはよほど難しいのではないか。せっかくひげ根を出そうとしても、こうしょっちゅう風にゆすぶられたのでは、ひげ根が土にしがみつく暇がない。」と危惧する。ひげ根が育ってこそ、その土地に根付くことができるが、数多の苦労も伴う。

大浦は、「しかし、風よけの木のための風よけの木という話は聞いたことがない。最初に植えた木を何とかして根づかせるために努力するより他ない。それには、並んで植えた木の間に竹竿をわたして、どの木もそれに縛って固定するやり方もあるし、一本ごとに突っかい棒を立てる方法もある。そういうことは、平地にある家でも、木を大事に育てようとする人は昔からやって来たことなのだ。」と気を取り直す。ひげ根を下そうとする営みが脈々と受け継がれて、今がある。

引越しの翌年に植えた山茶花は、その夏の日照り続きにも負けずに、垣根としては伸びすぎている高さまでよく育った。母の容態が悪化した八年前の春、実家から株分けしてもらった浜木綿は、大きくなって晩秋まで花を咲かせている。家族の時間も、あの世に行った肉親の命も所縁のものに宿り、目の前にある。思いを宿すことでモノはその人の風景となり、人は風景の主体となって、自分の生を生きていく。『夕べの雲』は、日常が日常として成り立っている奇蹟のような姿を、静かに読者に伝えるのである。

（『ひとおもい』3号　二〇二一年七月）

木下夕爾、陰影の詩人

木下夕爾（大3・一九一四〜昭40・一九六五）の詩はやさしく柔らかい。そして、言葉の底まで行き届いている繊細さがある。夕爾が亡くなった後、丸山薫は「オルガン調の小曲のような優しくしっとりと一つ一つがまとまった味わいを、僕は陰ながら愛していた。」（『パアゴラ』14号　昭40・12）と哀悼したが、肌理細やかな完成度を言い当てている。そこに確かな一つの世界があるという印象は、夕爾が俳人であったこととも関わるだろう。

夕爾の詩はそのような味わいを持ちつつ、生きる時間に伴って色調を変えていった。それは夕爾の生を誠実に映し出すものでもあった。

一　モダン都市の中で

夕爾は大正三年に、広島県深安郡御幸村字岩成（現在の福山市）に生まれた。昭和七年から十三年にかけて『若草』に投稿して選者の堀口大学に認められ、注目される。夕爾は東京で文学を学ぶべく、昭和七年に上京し、翌八年に早稲田高等学院文科に入学する。

憧れの東京での生活に夕爾の心は弾んだであろう。しかし、運命は一転する。昭和十年四月に御幸村で薬局を営んでいた養父の逸が結核に倒れ、夕爾はその跡を継ぐために早稲田を退学、名古屋薬学専門学校に入学する。

夕爾は詩作を断った訳ではない。十二年六月には梶浦正之が創刊した『詩文学研究』の会員となった。ここでも梶浦に認められて、昭和十四年十月に第一詩集『田舎の食卓』を刊行に到った。これは翌年の『文芸汎論』詩集賞を、村野四郎『体操詩集』山本和夫『戦争』と並んで受賞しており、夕爾への詩壇の期待の大きさが窺える。

この時、夕爾は既に御幸村の人であった。前年に名古屋薬学専門学校を卒業して帰郷していたのである。

『田舎の食卓』は、夕爾の三年間の東京生活を反映したモダン都市の軽快さがある。

都会のデッサンI

日曜日――僕らは幸福をポケットに入れてあるく　時どき
取出したり又ひっこめたりしながら　磨かれた靴　軽い帽子
僕らは独身もののサラリイマンです　さうして都会よ　君は
いつでも新刊書だ　オレンヂエエドの風のあとに　見たまへ
あの舗道の上　またもやプラタヌの並木の影はいつせいに美
しい詩を印刷する　爽やかな拍手とともに

これは、夕爾が夢想するあり得た生活であろう。流行や風俗が刷新されていく都会の新鮮さ、人工美、それらを屈託なく享受する気楽な単身生活者たち。夕爾の作品で主語として「僕ら」が頻出するのは、『田舎の食卓』のみである。

都会のデッサンⅡ

百貨店――エレベエタアよ　気が向いたら地獄まで墜ちてくれたまへ　天国まで昇つてくれたまへ――ここは屋上庭園だ　遠い山脈　そして青空とアドバルウン　ああ今僕らは感じる　あの金網の動物たちよりももつと悲しく　都会よ　君の巨《おほ》きな掌《てのひら》に囚《とら》へられてゐる僕ら自身を

しかし、「僕ら」は気楽な享受者たちでは終わらない。都会が囲われた空間であり、その中で危うく遊戯していることを鋭敏に感じ取ってもいる。ここには「僕ら」に埋没できない「僕」の孤独がある。浮遊感の裏にある孤独が都会に生きている主体を感じさせるのである。

この距離感は、夕爾が既に東京を離れているから可能になったのかも知れない。昭和十三年三月に帰郷してから四十年八月に横行結腸癌で亡くなるまで、夕爾は木下薬局の薬剤師兼詩人として福山市御幸町で暮した。

二　帰郷生活

『田舎の食卓』刊行の翌年、昭和十五年九月に、夕爾は同じく詩文学研究会から第二詩集『生れた家』を出す。こちらは、帰郷者の孤独が前面化している。

生れた家

眼にちかい海　一つの波が牆をとびこえる
とびこえてはすぐに息絶える　若い波がまた立ちあがる
麦藁帽子のやうにゆれる日まわり
白い水着についた松の花粉
わらひごゑ　光る汗のアスピリン
私は古い椅子の上にゐる　私のうしろに家がある
家は大きい　さうして私のなかでは傾いてゐる
厨で魚を焼く匂ひ　食器をあらふ音
かつて私のすてたものがいま私をとりかこむ

窓から母親がよびかける　若若しい声で
黄いろい書物が私の手からすべりおちる
よはよはしい噴《ママ》怒のやうに　風がしきりに頁をめくる
私のために　母親のために　そのほかの人のために――

福山駅から福塩線で二十分ばかり奥に入ったところに万能倉《まなぐら》駅があり、御幸町へ行くにはこの駅で降りる。海辺の「生れた家」は虚構であるが、波の描写が田舎のリズムを的確に表している。反復が暮しを動かしていくのである。

「私」は夏の活気を空虚に眺めつつ、家の重さに圧迫されている。しかし、本の頁をめくる風で「私」の中の何かが解ける。「よはよはしい憤怒」を抱いたままで、「私」は皆の上に等しく流れる時間を感じ取る。人が意に添わぬ人生を引き受けて続けていくのは、何かが解ける瞬間が訪れるからだ。夕爾は私達が生きていく真実を具体的な風景によって気づかせる。

第三詩集『昔の歌』は、戦後間もない昭和二十一年七月に、ちまた書房から刊行された。前二詩集と戦時中に刊行が予定されていた未刊詩集『青艸を藉く』から抄出された作品が収められている。戦争を挟んでも、夕爾の静謐なトーンは変わっていない。しかし、夕爾は戦争を確かに受け止めていた。詩集末尾の「若き日」である。

晴れた日の丘の草を藉きながら一人が言つた
——もう百年もしたらきつといい時代が来るだらうと
他の一人がそれを笑つた
もう一人は黙つてゐた
三人とも若く悩むことが多かつた

その丘は今でもあそこにひろがつてゐる
昔と同じやうに老いた芒がなびいてゐる

遠い未来を信じたあの一人は早く死んだ
激しい思想の持主であつた他の一人はとらへられて獄に下つた
もう一人は家庭を持つて貧しく暮した
そして彼は秋晴れの丘をあるきながら
時をりあの言葉を思ひ出した
——もう百年もしたら…………

するとなんといふことなしに

水のやうな日射しの中に
無心にそよいでゐる羊歯の葉のさまが思ひ泛ぶのだつた

「――もう百年もしたら」という言葉が重い。時代は青春に苛酷な運命を強いたが、語り合った丘はあのままの姿である。ただ一人家庭を持ってつつましく暮していたかつての無口な若者は、夕爾の自画像であろう。今は亡き友人が信じた未来は遠いままである。しかし、敗戦後の今も「――もう百年もしたら」という言葉が甦り、暫し現実から離れて、瑞々しい情景が目の前に浮かぶのである。人は失ったものを記憶に甦らせ、覚束なくとも明りを見出し、今日から明日へと生きていく。夕爾が描くのは、不確かな日々の下で一筋の時間を紡ぎ繋いでいくことの意味である。

三　詩と俳句

夕爾は、戦時中、句誌『多麻』に詩を送ったことがきっかけで句作を始めた。『多麻』同人の安住敦に誘われて、『春燈』（昭21・1創刊）に参加し、忽ち「春燈雑詠」の巻頭を飾って活躍するようになる。この時期に三原市の浮城書房から刊行したのが、第四詩集『晩夏』（昭24・6）であり、「夜学生」「晩夏」という、長く親しまれてきた名詩も収められている。

夜学生

鞭の影が
地図の上にのびたりちぢんだりする

先生の声がとぎれると
虫の声が部屋にみちてくる

学問のたのしさ
そしてまた何といふさびしさ

本の上に来て髭をふる
しべりあの地図より青いすいつちよよ

秋の夜の爽やかさと心地よい緊張感に満ちた教室。懸命に学ぶ夜学の理想的な空間、季節と人の営みが完璧に調和した空間を表現して余すところがない。

季節と人事の調和は、俳句と相通じる。この時期の夕爾の俳句を幾つか挙げてみる。

紫蘇の葉に秋風匂ひそめてけり（『春燈』昭21・12）

そよぎあふ草の秀《ほ》たのし秋の雲（同）
夕東風の点しゆく灯のひとつづつ（『春燈』昭22・6）
つげがたきかなしみ春の星を仰ぐ（『春燈』昭23・4）
家々や菜の花いろの灯をともし（『春燈』昭23・5）
林中の石みな病める晩夏かな（『春燈』昭23・9）
繭に入る秋蚕未来をうたがはず（『春燈』昭23・10）
麦秋や子らの尿の放つ虹（『現代俳句』昭23・10）
毛糸編めば馬車はもしばし海に沿ひ（同）
冬夕焼わが失ひし血のごとく（『春燈』昭24・3）

風景が生き生きと動き出す擬人化や「つげがたきかなしみ」「未来をうたがはず」といった感情表出は、モダニズムを体得した詩人ならではである。五七五と季語という俳句の枠組みが風景の構成力として生かされている。きちんと焦点が合っており、そのように捉えている主体の存在も確かに感じさせる。夕爾は句集『遠雷』（春燈社　昭34・7）の後書きでも、『春燈』を主宰する久保田万太郎の「俳句は即興的抒情詩である」という言葉を「年来信奉して参りました」と述べているが、これらの句には「即興的抒情詩」が過不足なく表現されている。

夕爾の詩と俳句は、しばしばモチーフを共有している。「夜学生」から作られた句が「翅青き虫きてまとふ夜学かな」（『現代俳句』昭23・10）である。こちらも静謐な空間に「翅青き虫」が動きを与え、季節感に満ちた学びの情景である。しかし、詩に比べると、多元的に圧縮されている。

夕爾は「随筆歳時記」（『春燈』昭27・10）で「夜学生」の第三連について、「云つてしまへばそれまでで云はなければ物足りないといふ気持である」と述べているが、語り手の感情が率直に表出されていて、伸びやかである。「翅青き虫きてまとふ夜学かな」の方は、主体の感情は風景の中にある。俳句では詩のように拡張していくことはない。より豊かなものを詠み込む場合は、省略と飛躍を強めて容量は同じでも密度を高めることになる。俳句では一つの情景に集約されるのに対し、詩は連続的に情景を展開していくことが可能である。

夕爾は、「僕は新興の或る種の俳句が知性に歪められてゐる状態を好まない。」（「枯野の風（わが愛誦句）」『詩風土』昭23・12）と述べており、新興俳句には批判的であった。夕爾にとって俳句は、五七五と季語の体系性において調和と安定をもたらすものだったのだろう。薬局の主人と詩人のバランスを保つために必要な支えの役割を持っていたのではないだろうか。

しかし、夕爾は調和的世界の中に自足してはいなかった。昭和二十四年三月に同人詩誌『木靴』創刊、翌二十五年四月に秋谷豊主宰の第三次『地球』に創刊同人として参加、二十八年九月には広島の同人詩誌『ぷれるうど』に創刊同人として参加と、積極的に外へ向かって活動していく。

四　生きていく

第五詩集『児童詩集』（木靴発行所　昭30・11）も「ひばりのす」「春の電車」といった馴染みの作品が収められている。長女の晶子が『父　木下夕爾』（桔槹吟社　平13・5）で回想する、はにかみ屋で子煩悩な父夕爾の横顔が彷彿とすると共に、外の世界と初めて通路を持った子供の気持ちや姿が生き生きとした比喩や擬人法で描かれている。それは、自分の言葉が開かれた原点に立ち戻る楽しい時間でもあったのだろう。

第六詩集『笛を吹くひと』（的場書房　昭33・1）は、夕爾生前の最後の詩集になってしまった。作品からは、思うに任せなかった人生への疲労と虚無が滲み出ている。「やがて私を挽き倒すものよ／わが生の終りにも／あのような安息と静寂があるだろうか」（「倒れる樹」）と安らぎとしての死も語られている。

その一方で、夕爾は、生きることの洞察を確かに深め、広げていた。「広島原爆忌にあたり」というサブタイトルがある「火の記憶」である。

とある家の垣根から
蔓草がどんなにやさしい手をのばしても
あの雲をつかまえることはできない

遠いのだ
あんなに手近にうかびながら

とある木の梢の
終りの蟬がどんなに小さく鳴いていても
すぐそれがわきかえるような激しさに変る
鳴きやめたものがいつせいに目をさますのだ

町の曲り角で
田舎みちの踏切で
私は立ち止つて自分の影を踏む

太陽がどんなに遠くへ去つても
あの日石畳に刻みつけられた影が消えてしまつても
私はなお強く　濃く　熱く
今在るものの影を踏みしめる

平和な夏空から地上を引き離し、地上の生を底から押し上げてくるものが、原爆投下の犠牲となった数多の死者の存在である。万能倉の踏切の手前に佇む「私」も、自分の「影」に、あの日住友銀行前の石畳に生きながら焼き付けられた「死の影」を重ね、今生かされている証を見る。この詩は、目の前の穏やかな風景に隠されているものを見よ、自分の命の奥には死者たちがいることを思え、と静かに語りかけている。

夕爾は、「つぶやけり炎天のわが影を踏み」という句も詠んでいる。俳句では、つぶやきが何であるのか、どのような背景があるのかは排除されている。夕爾は、俳句的調和へと昇華される前のざわめく現実、そのような現実の厚みを詩では描きたかったのだ。俳句の秩序と詩のざわめきが共に必要だったのである。

「僕は生きられる」(『パアゴラ』昭39・12)で夕爾は次のようにうたう。

僕は生きられるだろう
僕は生きる
白菜の肌を舐めまわす
朝のかまどの火のように
(略)
僕は生きられるだろう

僕は生きる
ただひとりでも僕は生きる
枯草の中で僕をつまづかせる
石のような
自分の生を確かめて

貧しく非力な自分を引き受け、生と死が踵を接する中で生を全うしようとする、夕爾晩年の声である。夕爾は、生きる切なさや痛みと衒いなく向き合い、その中に射し込む光と翳りをうたい続けた。夕爾が掬い上げた生の陰影は、私達に寄り添い、生きる背中をそっと押してくれる。

秋谷豊は、夕爾を「その清澄な美しさにもかかわらず、存在感をきびしく自分に課した自覚的な詩人であった。」（『地球』44号　昭42・7）と評している。それは、自分を律して、詩と俳句それぞれの形式で描き得るものを求め、薬局の主人と詩人を共に生きた姿でもある。夕爾は、自分の世界を「小さな小さなわが宇宙」（「みそさざいの歌」・『笛を吹くひと』）と称したが、一人の人間の限界と想像力の可能性を澄んだ眼差しで捉えていたのだ。

（『俳壇』37巻3号　二〇二〇年三月）

狛犬の道

神社の狛犬が好きである。風雨に曝されつつ、拝殿の前で踏ん張っている姿には、健気さを覚えてしまう。

北仙台には、北山五山と言われる伊達藩所縁の寺社がある。かつては、ここが城下町の北縁であった。昭和の匂いが漂う商店街、仙台浅草を抜けて左に折れ、最初に見えてくるのが、雷神である武甕《たけみか》槌《づちのかみ》神と刀剣の神である経津《ふつ》主《ぬしのかみ》神を祀った鹿島香取神社である。

朱の鳥居の脇には、見上げる高さの枝垂桜があり、花見の頃には、鳥の囀りと共に見事である。急な石段を上ると、小ぢんまりした境内に狛犬が待っている。どんぐり眼で歯を剝き、「蹲踞の姿でまっすぐ座」った（三遊亭円丈『THE狛犬！コレクション』立風書房　一九九五）「仙台狛犬」だと思われる。低い台座に身の丈は、人がしゃがんでも胸元に届く位。背中に彫られた建立の年月も磨耗してしまい、ずんぐりした姿である。円丈によれば、仙台狛犬の多くは「頭がパンチ・パーマ風」ということであるが、ここの狛犬はおかっぱで、うなじは巻毛である。悪鬼を威嚇している筈なのに、何とも愛らしく、思わず頭を撫でてしまう。

これまでおかっぱ頭の狛犬はお目にかかったことがなかった。と思っていたら、実家の母が、地元の『福井新聞』の切抜きを送ってくれた。福井市の笏谷《しゃくだに》石研究家、三井紀生氏の調査研究による「「越前狛犬」全国に分布」という記事である。大正時代に愛知県で大量生産が始まるまで、全国各地で「丹後狛犬」「佐渡狛犬」等、石材やデザインの異なる狛犬が作られていた。福井では、笏谷石製の「越前狛犬」である。「台座に前肢を立てて座る姿と、おかっぱ頭の髪型が特徴」だという。

おかっぱ狛犬のルーツが福井だったとは。三井氏は、北海道、青森、島根、畿内、中京の十六道府県を訪ねて、「越前狛犬」の存在を確認した。戦国時代には武家が、江戸時代には北前船の船主や商人が寄進するという形で、それぞれの時代を反映しながら、越前狛犬たちは各地に運ばれていったらしい。私が地元でお目にかからなかったのは、生れ故郷が、福井県でも岐阜県側の盆地、大野市であり、北前船とは大してご縁がなかったからか。

記事には、十六世紀に作られた福井県鯖江市八幡神社の越前狛犬の写真も載っている。顔も顎も四角で、前脚はまっすぐ伸びて鋭い爪先に続いている。これに比べて、北仙台の狛犬は、めんこさ度が高い。どんぐり眼はより大きく、顎はふっくらとし、前脚のゆるやかなカーブとちょこんと揃えた指先は、目を細めて坐っている猫を思わせる。朴訥でがっしりした越前狛犬が、北仙台のおかっぱおこまと直接繋がるかどうかはわからない。おかっぱと蹲踞姿は共通するが、面立ちや肉付きは異なっている。一つの原型が別々の土地に伝わっていく中で、それぞれの風土になじむ姿になっていく、見えない道が渡されている思いがする。

光明寺、東昌寺を挟んだ先にある青葉神社には、藩祖政宗にふさわしく、威風堂々とした狛犬が鎮座している。花見の季節にはシャッターを切る人々で賑わうが、鹿島香取神社はひっそりしている。

境内の隅に生えている樹木や石碑には注連縄が掛けられている。自然信仰の色濃い空間には、やはり、その土地の空気を共に吸ってきたような、生き物の面影がある狛犬が似合う。

ところで、狛犬は、「高麗犬《こま》」であり、朝鮮半島から渡って来た神獣である。先日、タイトルに心魅かれて『獅子と狛犬』（青幻舎　二〇一四）という本を購入した。MIHO　MUSEUMで開催された特別展の図録である。「神獣が来たはるかな道」というサブタイトルの通り、古代オリエントに溯って、無敵の獅子像の東漸と変容のプロセスが辿られている。

われわれが馴染みの狛犬は、口を開けた阿形と結んだ吽形であるが、この本によれば、吽形の頭には角があり、こちらを「狛犬」、角がない阿形を「獅子」と呼ぶらしい。慣例的には、一対の狛犬であるが。仏教伝来と共に、仏国土の守護獣として請来されたと言う。

角がある吽形の源流は、獅子ではなく、古代オリエントの豹と猛禽の合体した、「生き物の生死を司る」聖獣であり、後に豹が獅子に入れ替わり、更に北メソポタミア周辺で偶蹄類の角をつけるようになったらしい。伝播と共に、聖なる生命力が強化されつつ形象化されていくのが面白い。

聖獣である獅子は、中国では、唐草牡丹の中を駈ける唐獅子牡丹となり、日本では獅子舞の獅子頭ともなる。狛犬は、人間の祈りと遊びを巡る幾層もの物語の網の目の一つであり、暮らしの中に根付いた神のイメージであることがわかる。

狛犬への愛着は、幼少期の原風景に繋がっている。生れ故郷の福井県大野市は、城下町である。亀山という小高い丘の上に城が築かれ、そこを基点に町が整備されていった。亀山の麓には柳廼社《やなぎのやしろ》、通称柳神社がある。ここには、幕末の大野藩主、土井利忠が祀られている。利忠は、慢性的に財政難であった四万石の建直しを図り、「洋学館」を開設して洋学を奨励し、殖産に努め、大野丸という船を建造して蝦夷地との貿易も試み、藩士たちと共に時代に立ち向かっていこうとした。鳥居を抜けると、左手にお厩池《んまや》と呼ばれる大野藩厩跡の池があり、参道を進むと、右手に幽霊柳と言われる年経た柳、百日紅が植わっている。その先に一対の狛犬が向き合っている。

彼等はお尻を高く上げており、子供心にも愛嬌あるポーズに思えた。後に、これは、「出雲型」であると知ったのだが。ここの狛犬は頭も大きく、脚も短く、雪国なので、冬になると背中からピンと上げたお尻に雪が積ってしまう。冬の力に耐えて春を迎えるのである。

時は移れど、みんみん蟬の姦しさや百日紅の群れ咲いている色や、重く垂れ込めた雪雲や雪晴れの目に染みる青空が、夏の汗や冬の悴む指先と共に、鮮明に甦ってくる。生きられた時間から外せない風景として存在するからこそ、狛犬は固有の場所を占める。故里の狛犬は、「越前狛犬」を介して北仙台のおかっぱおこまと出会い、私の生の時間も異なる場所を行き来して、室町、高麗、唐、古代ペルシャ、エジプト、遥かな昔と向き合うことも出来る。暮すことと生きることの交わりに私の狛犬は座しており、そこから道は幾重にも伸びている。

我が愛するおかっぱおこまには、これからも静かに石段の上から仙台の街を見守ってほしいと思う。過日、お目当てのレトルトカレーを求めに、三越のデパ地下に立ち寄った。本棚ならぬカレー棚には、とりどりの背を見せた箱がずらり。各種お惣菜も野菜も果物もパンも潤沢に溢れ、店員の「いらっしゃい」の声が飛ぶ。ふと、三・一一直後の日々が脳裏を掠めた。その日のうちに追われるようにマンションを出て、近所の小学校の避難所へ。避難所が閉じた後、親切な同僚のお宅に泊めてもらって漸く人心地が着いた。転居先は見つからず、当座寝泊りするところを探して電話をかけまくった結果、唯一、国分町のホテルが部屋があると言ってくれた.

そのような中、今日の糧を求めて、同僚と藤崎の食品売場に並んだ。あの時は、どこもかしこも行列の渦であった。辛抱強く自分の番を待つ人々が必要だったのは、血となり肉となるものだった。パンは早々と売り切れ、震災前のストックと思しき、綺麗な缶に入った焼菓子やキャンディ類はそこに置かれたままであった。「パンがなければお菓子を食べればいいのに。」が、悪い冗談のように現実になっていた。

翻って、目の前の光景は夢のようである。駅前からバスに乗ると、夕方のアーケード街は人々で一杯だが、その表情はそぞろ歩きと言うにふさわしい。今住んでいるマンションの七階の窓を見下ろすと、日向ぼっこをしているような家々が並び、彼方には北山五山の杜や同僚のタワーマンションや街中のビルも見える。あなたも私も、ここでこうやって恙無く暮していると思う。おかっぱおこまも多分、ちんまりと落葉の中に坐っている。

私が今いる地点とそこから見える風景の厚みと肌理を浮かび上がらせてくれたのが、狛犬である。ある対象を介して、それぞれが固有の風景を紡いでいくことこそ、生の時間を自分の手に取り戻す文学的営みに他ならない。それは、計量化、データ化して取り出すことはできない充実であり、生の根源に直結した営みである。私は〈文学〉が開示してくれる風景を見ていきたいと思う。

（『路上』131号　二〇一五年三月）

たんどう谷、ゴトゴト谷

生れ故郷の越前大野市を離れて幾久しい。勿論、度々帰省はしているが。大野の暮しや風景を思い浮かべつつ、地図を眺めるのが好きである。市街図ではあの日あの時の情景が甦るし、広域図では広大な面積を占める山間部の渓谷や森林を想像してみる。昭和の市町村名改正（改悪）で、六間《ろっけん》、七間《しちけん》、八間《はちけん》、三番、四番《しばん》、五番、大鋸町《おがまち》、横町《よこまち》、寺町、比丘尼町《びくにまち》、柳町《やなぎまち》、鷹匠町《たかじょうまち》といった、城下町の碁盤の目の街並みが彷彿とする町名は通りにその名を残すだけになってしまったが、元町《もとまち》、本町《ほんまち》、城町《しろまち》という何の変哲もない町名からも、かつての日々が透けて見える。

地図を眺めていて、以前から気になっていたことがあった。旧大野町から離れて、篠座《しのくら》（神社があって、私が小学生の頃は、まだお清水《しょうず》がふんだんに湧いていた）、下舌《しもした》、森政地頭《もりまさじとう》、御給《ごきゅう》、七板《なないた》、伏石《ふくいし》と、由緒曰くあり気な地名を、真名川《まながわ》と九頭竜川《くずりゅうがわ》を上りつつ見ていくと、九頭竜川は支流の打《うち》波川《なみがわ》と美濃又川に分れ、石川県と岐阜県の県境に近づく。五箇《ごか》と呼ばれた地方である。下打波小学校は四十六年前に廃校になったが、児童たちがテレビの地元ニュース番組に出演していたのを記憶している。鳩ヶ湯という温泉もあり、一日に一往復、街からバスが発着していた。その奥は、私が持っている昭文社エアリアマップ『福井県都市地図』（二〇〇三）では、紅葉の名所を示すマークが打波川に沿ってあるばかりである。

鳩ヶ湯から更に奥の打波川の支流には、平仮名表記、片仮名表記、漢字表記が入り混じっている。たんどう谷、観音谷、ゴトゴト谷、檜谷、カサバノ谷である。山の名も、よろぐろ山（一、二五五m）よも太郎山（一、五八一m）である。地元の人々が呼んでいた名に敢えて漢字を宛てる必要がなかったということであろうが、漢字表記がスタンダードだと思っていた心がざわめいた。ゴトゴト谷など、足場の悪い渓谷の凸凹が伝わってくる生き生きしたオノマトペである。そう思って県境を越えた岐阜県荘川村の地名を見ると、サブ谷、大シウド谷、小シウド谷、こちらも然りである。かつて深い山の中でどんな暮しが営まれていたのであろうか。

大西暢夫『ホハレ峠――ダムに沈んだ徳山村　百年の軌跡』（彩流社　二〇二〇・四）を読んだ。カメラマンでもある著者が、ダム建設のために水没した徳山村門入《かどにゅう》で、最後の一人になるまで暮した廣瀬ゆきえを二十年に亘って取材した記録である。大西は、徳山村の取材を始めた二年後、二十三歳の時（一九九一年）に門入まで足を伸ばし、都会の暮しとは全く異なる「同じ自由でも、まったく違うスタイルで暮らしている」お年寄りたちの存在を知る。徳山村は、既にダム建設による危険区域に指定され、昭和六十二年に廃村になっていた。門入は、徳山村最奥地の集落で、昭和の末頃まで三十四世帯、約百人が暮らしていた。「水は川から汲んでくるし、炊き付けをしないとご飯は食べられないし、日が沈んでくると真っ暗になるから寝るしかないし。」という生活を、「でも、ええ暮らしやろ！　こんな幸せを独り占めしてええんかなって思っとるよ」と語るお年寄りの「幸せに満ちた」表情に、大西は、社会的記録を残さなければならないという力みを解かれ、廣瀬司・ゆきえ夫妻に従って、やがて終止符が打たれる彼らの暮らしを体感していくことになる。そこにあったのは、「エネルギーのいらない風まかせの暮らし」「春夏秋冬を満喫した、季節に応じた当たり前の暮らし」であった。春は少し山に入ってコゴミ、わらび、ぜんまい、とうきち菜、ミズ、ウド、根曲り竹を収穫し、種類に応じて、塩漬けや乾燥など保存のやり方を変える。その合間に畑仕事をし、秋はトチの実を収穫し、アクを抜いてトチ餅を作り、山芋を掘る。それは、自然の恩恵への感謝を忘れず、生きる叡智を培ってい く暮らしである。大西は、「薪ストーブの上になめこ汁が沸いていた。そして採ってきたばかりの山芋をすりおろし、汁の上にボトッと落とした。」という天然なめこ汁に「なんて贅沢なんだろう。都会ではどれだけお金を払っても得られない味と時間だ。」と嘆息し、都会文明を相対化する確かな生活が、遠からず水没する村に息づいていることを実感していく。

二〇〇四年の夏、「爺はな、急に歩けんようになってな。このところずっと寝たきりや。」と廣瀬司は急激に衰え、「大西さん、あの世に先に行っとるでな」という言葉を残して、二ケ月後に門入の家で静かに旅立つ。一人残ったゆきえは、村を下りる決断をする。翌年五月に解体業者が入り、ゆきえは百年を経た母屋を一部屋ずつ酒で清めた後、業者の作業を見届けて、集団移転先の本巣市に建ててあった家に引っ越した。ゆきえは、「年寄りは、こういう街に暮らしとると、仕事がなくなるな。徳山の家に暮らしとると、何かしら動いとらんとあかん。やることが無数にあるんや。でもなぜかこういう家に暮らすと、テレビを見て座り込んでまう。徳山は何もないが、テレビを見とる暇もない。不思議なもんじゃな」と大西に語る。大西の目にも、「スーパーは年寄りの歩く速度で一五分以上はかかるところにあり、負担になっていた。いつの間にか、食材などを買い求める受け身の生き方に変わっていることに僕は気がついた。」と、ゆきえがこれまでとは全く異質の街の暮らし方を強いられている姿が映った。

「でもな、徳山は住めば都や。人は何もないって言うかもしれんが、わしにはそうは見えん」と語るゆきえに、大西は、「徳山村はダムに翻弄されたことが背景に目立つが、それだけではなかったはずだ。ゆきえさんにとっての徳山村とは、一体どんなところだったのだろうか。」と、これまでの軌跡を話してもらおうと思い定める。その人生は門入から、遠く北海道に亘るものであった。ゆきえは大正七年に門入で一軒の雑貨屋の長女として生れた。小学校を卒業した後、十四歳で、門入と隣りの坂内村を繋ぐホハレ峠（標高約八一四m）を越えて、家で育てた繭を滋賀県の高山まで運んだ。その年から十六歳まで冬季は彦根の紡績工場、十七歳からは一宮の紡績工場で、十九歳から二十四歳までは名古屋の「ふじかす紡績」に出稼ぎに行った。いずれも、ホハレ峠を通って、である。ゆきえは、繭を運んだ時の峠越えで見た風景を次のように語る。

川沿いの細い道をひたすらついて行くしかなかった。どこを見ても、代わり映えのせん山ばっかじゃ。どんどん坂を上がっていき、峠の頂上付近に着いたとき、目の前にぱっと広がる風景が飛び込んできたんや。あ、海や！　海が見えた！

それは初めて見る琵琶湖やった。キラキラと輝いていてあまりに綺麗な風景やったで、今でもよう覚えとる。あの感動は忘れとらん。山ばっかのところに暮らしておるで、広い場所を見るのは、初めてやった。これが滋賀県なんやって感動したんじゃ

ホハレ峠は、トチ板を運搬するボッカと呼ばれた人々を始めとする、物や人が行き交う主要な道であった。それはまた、細く険しい山道を辿った後で、ぱっと開ける明るい風景を十四歳の少女に体感させ心に刻み込ませた、外の世界を知り、交わる大切な道だったのである。徳山村最奥地の集落である門入の人々にとって、生活の道は、村の中心部である本郷地区へ向かう道ではなく、峠の向こうの坂内村に抜けるホハレ峠であった。大西が推測するように、「門入」という地名は、徳山村の中から見れば最奥部であるが、外から見れば、村の入口であったことを意味する。

ゆきえは、昭和十八年、二十四歳で、門入出身で北海道真狩に入植した橋本佐次郎の息子、司と結婚し、津軽海峡を渡る。真狩で「徳山村のことを思うと、信じられんくらいの収穫量やった。土地があるっていうことがどれほど豊かなことかって実感したわ。農家にとって土地は宝や。」という、とうもろこし、米、蕎麦の収穫を得る。ゆきえはこのまま真狩で暮らすつもりであったが、ゆきえの母方の実家の跡継ぎがいないという理由で、徳山村に呼び戻され、おじの廣瀬初次郎と養子縁組をして再びこの地で暮すことになる。昭和二十八年のことである。

大西は、「どこかの代で必ずと言っていいほどお隣さんと血が繋がっている」門入の人々の家系図を知り、「ダムに沈んでしまう運命の大地には、今まで必死に先祖が繋いできた血縁が染み込んでい

る。」「廣瀬家にとって価値あるものとは、金ではなく人を育てた大地だったのだ。」と語る。大西が「この国の近代化のために、多くの天然資源を供給できる村として、徳山村が国や大企業から目をつけられていたのではないか。」と述べるように、ダム建設の計画は周到に準備されていたようである。高度経済成長期に、王子製紙から徳山村が共有する山の売却の話が持ち込まれ、村は二分され、山の伐採工事が盛んに行われる。昭和三十二年にはダム建設の話が持ち上がり、三十八年九月には中部電力が村にやって来た。ダム建設の説明会が何度も行われるにつれ、「村の様子がじわりじわりと変わっていった様子」を、ゆきえは次のように語る。

ダムの話が次第に具体的になってきたところで、街を出て行った子どもを、わざわざ徳山村に呼び寄せる家族もおったんじゃ。少しでも多く、補償対象を増やすための努力やろうな。本当はそうじゃなかった人たちも、欲は隠せんようになっていったんじゃ。(略)今日は畑で何が採れたとか、山菜の様子はどうとか、平穏な徳山ではそんな話が自然やったが、ダムの人らが入ってきてから、のどかな話の中に、金の話が入りまじってきた。

どこへ引っ越そうが、国が全額金を払うと言うもんやから、みんなそればっか考えるようになって。庭の木一本も、なんぼするってな。足元が見えんようになったんやな。三年くらいは国の方も丁重に話をしてくれたが、みんなとも慣れ親しんできたころから、「はよ!　ここを出て行け!」と言わんばっかりに、言葉遣いや態度が変わっていったんや。仕方なく、家を壊した家族もおったよ。

そういう光景が広がってくると、残される人は不安になってくるんや。あの人が街に行ってまったで、私らも街に行くって感じで。村の人間関係も、互いに腹の中をのぞくような、今までの会話とは違うものになってきた。そうなったら、徳山は国のもんやな。国が言い始めたら、事業は止まらんでな

是まで手にしたことがない「金」の話で、村人たちが浮き足立っていく様子が、ありありと浮かぶ。「金」は麻薬のように、人を思考停止に陥れる。ゆきえは、「わしはあまり気乗りせんかった。村がダムの底になってまうことが嫌でな。その理由は、はっきりと言葉にできんが、徳山村を手放したくない気持ちが強かったんや。このままの変わらぬ暮らしでええって思っとった。」と語る。「はっきりと言葉にできんが」というゆきえは、人は土地に拠って生きること、そのために先祖が営々と努力をしてきたことの重みを心の底で知っていたのであろう。一方で、血縁による土地の継承と維持は、大西が指摘するように、「外の血が入れない閉塞感」も生み出す。一族の結束力で生活の命脈を維持してきたということは、それだけ苛酷な環境の下にあったということでもある。

ゆきえは真狩で、かわいい盛りの二歳の長男陸男を突然の病で喪い、その後、二人の息子たちを門入で育て上げた。長男は大学、次男は高校まで進学させたが、二人とも門入には戻ってこなかった。ゆきえも、娘時代の冬場の出稼ぎで「徳山だけにおったら何もわからんかったなっと感じ、わずか

五ヵ月間だけでも村を離れることに刺激をわしは感じとったんや。」と、徳山の外に出ることで見聞を拡げ、名古屋では「日曜日になると、必ず街で一番大きかった栄の松坂屋まで歩いて出かけてみたり、大須で買い物に出かけたり、街でうどんを食べたり、パンを買ってみたり、外食ってものがとても楽しみやった。」と街暮しの楽しさも享受していた。しかし、息子たちが出ていった後、夫と共に土に生きる「変わらぬ暮し」を続けて、穏やかに土に還る積りでいたのであろう。それが叶わぬ情勢になってしまった。二〇〇六年九月に徳山ダムの湛水が始まり、二〇〇七年には日本最大、諏訪湖と同じ面積のダム湖が完成して、下開田《しもかいでん》、上開田、本郷、山手《やまて》、櫨原《はぜはら》、塚、戸入《とにゅう》の七集落は水底に沈んだ。本書の最後近くで書かれているスーパーの葱のエピソードが印象に残る。ゆきえは、昼食のうどんに入れる薬味を買いに大西に車で連れていってもらったスーパーで、三本九十八円で山積みになった「特価品の真っ白で綺麗なネギ」を一旦は手に取るものの、「今日はええ、やっぱやめた」と棚に戻してしまう。

家に戻ったゆきえは、「大西さん！　なんで、わしが九八円の特価品のネギを買わなあかんのやって思ったんよ」とそこから触発された胸の内を一気に語る。

わしは、たくさん人のためにネギも作ってきた農民や。北海道でも徳山でも人のためにたくさん作ってきた。自信を持って畑でネギを作って、みんなにくれてやったもんやが、その農民のわしが、なんで特価品の安いネギを買わなあかんのかって考えてな。惨めなもんや。ちょっと情けなくなったんや。

わしら家族は豊かになるはずじゃなかったんか！って思ってな。徳山村を出ることで、暮らしが豊かになるんやって、ダムを造る国の偉い人らに何十年とこんこんと教えられ続けてきたんや。それを半信半疑で聞き続けていた。

おばあちゃん、ここに印鑑を押してもらえたらいいからって。しばらく経って、貯金通帳に見たこともない金が入っとった時は、驚きとともに嬉しさが込みあげてきたのは、正直、本当のことや。

あれから数十年が経って、その貯金の額がみるみる減り続けてきた時、ここに家を建てて二〇年くらい経った時やった。生きている間に底をついてまうとは思わんが、金、金ってなんかみじめでな。何もかも売ってしまったで、後生に残せるもんが何も無いんよ。

先代が守ってきた財産を、すっかりこと一代で食いつぶしてまった。金に変えたら全てが終わりやな。

土地に根差して暮らし、そこから強引に引き離された人間の、腹の底からの痛切な叫びである。一族の結束によって苛酷な環境を暮しの土地として次代に伝えていった営みは、外からやって来た強大な力、「国の偉い人」の甘言と金によって一気に破壊されてしまった。ゆきえは、ダム建設の趨勢に抗い切れなかったことを我が身に引き受けて、自分を責める。それは、ゆきえ個人に帰せられることではない。「金、金ってなんかみじめでな」と語るゆきえは、最後まで、全てを一元化しようとする金に還元されない生の確かさを知っていたのだ。「金に変えたら全てが終わりやな」という言葉は、途方もなく重い。

大西も、「壊すのは簡単なことだ。しかし長く積み上げてきた年月は途方もないもので、一度壊したら元に戻すことはできない。その重みは他人には到底分からない。ましてや国が出ていって欲しいという説得の中には、愛情のかけらすらないわけで、その気持ちを少しでも知ってもらいがために、ゆきえさんは村に最後まで残ったのではないか。ダムを中止にするべきかという議論ではなく、人間が生きていく根源を見せようとしていたと思うのだ。」と「贅沢な暮らししか知らず、お年寄りたちが築いてきた価値観を感じることもなく、受け入れようともしなかった」現代社会への体を張った訴えを読み取っている。

山間部の小さな村を「資源」という尺度でしか捉えず、「対価」を支払えば、そこに営々と息づいてきた暮しは一顧だにしないという扱いは、経済成長を最優先させた戦後日本が生んだ歪みである。徳山村大字門入の人々が外と交わった重要な道も「ホハレ峠」という片仮名表記であり、事改めて漢字表記にする必要がなかったのだ。その土地の人々が実体を共有していれば、それ以上に意味づけを行わなくてもよい生きた地名だったのである。

翻って、わが地元の五箇地区には、どのような歴史があったのか。以下、小倉長良『ふる郷大野市五箇地区のあゆみ』(二〇一二・二)によれば、戦国時代の文書に「上打波」という地名が現われる。

上打波は、五箇地区（上打波・下打波・東勝原《かどわら》・西勝原・仏原《ほとけばら》）の中で最奥の山間部である。石徹白《いとしろ》彦右衛門から、当時大野を支配していた朝倉景鏡《かげあきら》の家臣馬場三郎左衛門、松山一右衛門に宛てた書状（小倉は天正元年・一五七三年前かと推測している）の訴えに、昨年来、上打波の者が三ノ峰に新しく関を作ったことは前代見聞の迷惑であると記されているということで、白山信仰の地として古くから開けていたようだ。「五箇村」という地名は、慶長八年（一六〇三）の「五ヶ村筏乗場定之事」に現われる。福井藩の木材搬出に当って、五箇村と下山の役人が、相互に責任をもって木材を筏に組み流す境界を決めて行う掟が記されているとのことである。木材供給の地だったのである。

生活は、夏は焼畑農業を主体に養蚕や、オウレン、山葵、コウゾといった換金作物を栽培する出作りの形態が一般的であった。上打波（嵐・桜久保・木野《この》・中村・中洞《なかばら》・小池）の中でも最奥の小池地区は、石川県白峰村の人々が杉峠を越えて、近世初頭に永久出作りとして定着した集落である。ここでも、行政の区分ではなく、暮しの往来によって生活圏が作られ、共同体が作られていったのだ。以下、年表的に小倉の記述を並べてみる。

明治三十二年　森林法が制定され、水源涵養砂防、暴風水害予防のために保安林が設定され、山林焼畑の四〇％が保安林に編入されて、焼畑農業者は大きな打撃と制約を受ける。同時に、北海道移住が奨励され始まる。

明治四十一年　下打波・上打波で砂防工事が施行され、村内住民に賃金労働の市場が開ける。

昭和八年　下打波・上打波間道路幅三、八ｍに拡幅となる。馬車の通行が可能になり、馬車挽専用業者四軒が上打波に出現する。彼らは、村民が希望する商品を町で仕入れ村まで運ぶ仕事を請け負った。道路の改良で日雇労働の他に、養蚕業、生炭業も盛んになる。

昭和十八年　国策に呼応し、トラックの運行を可能にする道路工事が緊急に施工され、上打波まで道路は全面改修完成する。改修に当って、山下林業（現王子緑化株式会社）、京都電機（現北陸電力）の協力を得、五箇村も約一万円を寄付する。

昭和三十一年九月　北陸電力から電源開発計画の全容が発表される。打波川本流・支流、谷洞川、矢高谷川、亥向谷川の各支流流水を集め、木野集落に一万キロワットの発電所を建設する予定。発電開始は翌三十二年十一月の予定である。

このように見てくると、五箇の歴史は『ホハレ峠』の徳山村と重なって見えてくる。廣瀬ゆきえが結婚して赴いた開拓地真狩村も、門入出身の今井茂八が明治三十六年に岐阜団体の代表として入植している。五箇の北海道移住奨励と同時期である。国策が背景にあったと推測される。国策と言えば、戦中の道路改修から戦後の電源開発まで、こちらも王子緑化や北陸電力といった大企業が関わっている。発電所計画の時期も、これまたほぼ同じである。大西が述べるように、国力強化のための資源供給先として、人口が少なく近代産業に乏しい山間部のいわゆる僻地が全国的に同じ計画に組み込まれたのである。小倉は、発電所の「工事着工と共に打波の労働者の多くは発電工事に従事するようになった。家を開放して飯場にしたり、現場監督関係の宿泊所にして貸与、児童数も二十名前後倍増し、映画館開設など電源開発ブームに沸きたった。」と往時を回想している。戦前からの国の開発計画によって、自給自足の暮らしに貨幣経済が浸透しつつあったが、ここへ来て一気に加速したのである。この「電源開発ブーム」は一時のものであり、村を持続させるものではなかった。小倉も「賃労働に魅力を感じ長男までもが職を求めて都市部に流出するようになり急速に村を離れる現象が続いた。」と述べている。

そこに、昭和三十六年八月十九日、北美濃地震が発生した。下打波から上打波の小池に至る道路は崩壊寸断された。この地震で願教寺山は地滑りを起して赤肌になり、未だ回復していないと言う。追い討ちをかけるように、翌九月十六日に第二室戸台風が襲来し、山林崩壊で、小池集落は孤立状態となる。十八日には災害救助法が発令され、被害額は三十億円に上ると算定されたが、「早急に災害復旧工事をする見通しもなく」十一月に、急遽小池集落は大野中心部へ全戸移転することになる。小倉は次のように語る。

日本の各地の山間へき地も当時同じ社会現象を呈していた。経済成長期の影で過疎地にとどまる防波堤はなく強流を阻止することはできなかった。各行政機関も傍観的で何らの対策も、援助の手を差し伸べようとしなかった。生活に不安を募らせる残留組は昭和四十七年上打波集落の内中洞・木野・下打波一四戸は協議の上、集団移住を決意し、市内「清和町」に安住の地を求めた。

金が儲かると見ると怒涛のような勢いで押寄せ、地元に金を落としていくが、地元の将来など考えてはいない。「ブーム」の後は我関せずで、地元の暮しが荒廃しても自力更生に任せる。小倉の文章からは国策の身勝手さと非情さへの悲憤と無念が伝わってくる。森永泰造『ふるさと大野　山里の村ありし日の姿——地図と屋号』（二〇〇三・五）は、タイトル通り、今は殆ど無住地になってしまった五箇地区、廃村になってしまった大野市最南部の旧西谷村の各戸の屋号と所在を調べた労作であるが、これによると、小倉は木野地区の出身である。小倉の無念さが『ふる郷大野五箇地区の歩み』を書く原動力になったことが窺える。

昭和四十八年末の時点で上打波集落は三戸、少人数で越冬することは困難であると判断し、大野中心部に生活を移す。明治五年　二〇〇世帯、一、四一九人、大正九年　一四七世帯、八六一人、昭和五年　一三三世帯、七六一人、昭和三〇年　一〇二世帯、五五二人、昭和四〇年　六七世帯、三六〇人と人口が減少してきてはいたものの、昭和四十年から僅か八年間で雪崩を打つように激減し、生活の土地としての終焉を迎えたのである。平成七年まで老夫婦がオウレン、山葵を栽培しながら山を守り続けたが、年齢には勝てずに山を下り、最後の出作り生活者となった。

私を惹きつけた「たんどう谷」は、小倉が記す「谷洞川」から察するに、漢字に直せば「谷洞谷」であろう。谷の奥にまた谷があるような山中の神秘がイメージされる表記である。しかし、土地の人々に定着していたのは、平仮名表記であった。福井県今庄町、池田町、大野市と県境を接する岐阜県藤橋村（この南にかつての徳山村がある）にも、徳山ダムの上流に毛細血管のように枝分れした、シダ谷、ヒン谷、カラカン谷、ゴチン谷、そしてタンド谷がある。「たんどう谷」と「タンド谷」、おそらくは、山や沢で糧を得てきた暮しから生れた命名であり、相通じる山間の暮しがかつて各地に存在したのである。

森永泰造の『ふるさと大野　山里の村ありし日の姿――地図と屋号』からは、かつて村が村として自立性を持った生活圏として機能していたことが窺える。昭和三十年当時、西谷村は五八五戸、三、四三六人の住民がいた。村の中心は中島地区である。実家の母も、「中島に行けば何でも揃う。」と聞いていたという。森永の地図を見ると、菓子屋、旅館、銭湯、タクシー、散髪屋、雑貨屋、魚屋という充実ぶりである。農協、駐在所、公民館、役場、公会堂、郵便局、医院、中島小中学校、春日神社に専光寺と、教育、社会、医療機関も一通りあって、在りし日の活気が目に浮かぶようである。『大野のあゆみ　改訂版』（改訂版編集委員会／大野市教育委員会編　二〇〇四・七）によれば、西谷村は、昭和四十年九月十日の台風二十三号、続く秋雨前線停滞（九月十四、十五日）による集中豪雨によって、被災する。笹生川《さそうがわ》、雲川《くもかわ》、鎌谷川、この谷川などが氾濫し、中島・上笹又で一九四世帯が流出、一〇一世帯が埋没、下流の上若生子《わかご》、下若生子も道路や橋が崩壊する。村の戸数から考えれば、途方もない被害の大きさがわかる。十五日に福井県は大野市・西谷村に災害救助法を発令し、翌十六日には自衛隊や県機動隊が救助に当る。しかし、これが決定的な打撃となったことは想像に難くない。中心部である中島地区が壊滅状態になってしまったのである。人々は村を離れ、多くは大野市に移住した。まとまって移住した人々が下据《しもしがらみ》に作ったのが「西里《にしさと》団地」である。近くの篠座神社の隅には、西谷神社も祀られている。

住み慣れた村も中心部の賑わいも生活基盤も丸々失ってしまったのである。西谷神社設立からは、新しい門出の無事を祈る村民の切なる思いが伝わってくる。彼等の苦労は想像するに余りある。かつて本町通りに「長寿司」という寿司屋があって、父母が時々そこのお好み焼きを買ってきてくれた。小柄で気さくな主人を長さんと呼んでいたが、長さんは西谷村最奥部の温見《ぬくみ》の出であった。二番通りにあった井部の豆腐屋の主人「しっかさん」（本名は「静」だろう）は、上打波の嵐、今も帰省の度にお世話になっている、三番通りと七間通りの角にある「寿司久」のおかみさんは、西谷村巣原《すわら》が生れ故郷である。気がつけば、五箇や西谷から出てきて苦労の跡を見せない人々が身近にいたのである。実家は麹製造の商売を辞めた後、二年前に父が亡くなるまで素人ギャラリーをしていた。ちぎり絵の個展を開いた山田さんは八十代半ばを越す婦人であるが、矍鑠としている。その山田さんは、白山の向う側の鶴来《つるぎ》から小池に嫁いできたが、大野の町に出てきた当時は、「町へ出たら財布の口を開けない日はない」ことに驚いたと母に語った。まだ幼かった山田さんの息子は、通りの彼方に自動車が見えると、足が竦んでそこから歩けなかったそうである。これまで馴染んできた暮しとの落差は相当なものであっただろう。山田さんのお住まいは若杉町《わかすぎちょう》である。旧大野町は寺町通りまでで、その外は田圃や畑が広がっていたというが、若杉町も先の清和町《せいわちょう》もそこに造成された宅地である。人々は町の名に今後の人生への思いを託したのであろう。後、昭和四十五年に西谷村は大野市に編入されて、村の名前も消えた。今や、国道一五七号線が、中島発電所や雲川ダムの脇を通って無住の山間部を岐阜県へと抜けるばかりである。

長さんの出身地温見にも、かつて固有の風土があり、文化があった。形谷《かたや》敏彦『西谷温見ものがたり 昭和の姿と中世の形』（二〇一三）は、福井市在住で登山愛好家の形谷が、下山の折にたまたま出会った温見出身の池端惣左衛門賢一の人柄に魅せられて、古老たちに聞書きをし、資料を調べ、温見の歴史や生活を記録した貴重な著作である。この書によると、温見平のウワバラに縄文中期の遺蹟が発見されて、この頃から温見に人々が住み着いていたことがわかる。岐阜県根尾村へ抜ける温見峠は、白山信仰の入口であったらしい。形屋は、「根尾谷は新しい文化の流入口であった。木地屋の他に修験者や琵琶法師、瞽女など多くの漂泊民や芸能民が根尾谷から温見峠を越えた。根尾能郷（引用者注：県境にある能郷白山・一、六一七m）には泰澄の開基といわれる能郷白山があり、ここから西谷奥地へも白山信仰が広がっていった。」と述べている。門入と同じで、外から見れば最奥地が入口に反転するのであり、そこから新しい文化も木地師という新しい生業も入ってきたのである。中世の温見は朝倉一族の金山によって栄えたが、廃坑後は急速に衰退する。そこで登場するのが、専念寺「由緒書」（天正十一・一五八三年）にその名が記された小沢入道政門である。形屋は、小沢入道政門は温見の郷士であり、朝倉一族没落と金山凋落の中で、鎌倉時代に美濃経由で入り神仏習合の形で浸透していった真宗の後ろ盾となり、村を混乱から秩序へと導いたのであろうと述べる。

形屋の書で初めて知ったのであるが、温見は、将門伝説の土地であった。森永が作成した昭和二十五年頃の温見の地図には、街道に沿って小学校、グラウンド、道場があり、山に入ったところに白山神社と平将門基がある。温見の古老たちは、形谷に「タイラのマサカドは温見の草ワケである。源平の冠山の決戦に破れたマサカドが温見に住み着いて、その子孫が私たちだ」と語る。温見では正月の神事である「マサカド祭」が、昭和三十七年正月に不慮の火事でお宮が全焼するまでまで営々と行われていた。この書には、形谷が池端賢一から借りたマサカド祭の貴重な写真が掲載されている。「ショウギョウジ」と三人の「トウモト」の神主への挨拶（十二月三十一日）お宿かり（一月一日）お宮参り（一月二日）餅つき、三度半の迎え、直会《なおらい》（一月三日）と一連の行事が古式そのままに行われてきた。小沢入道政門と平将門、あるいはマサカド伝説の成立について、形谷は次のように推測している。温見は、白山神社の神官である池端本左衛門、惣村の取締りである池端惣左衛門、マサカド祭の根元である池端三郎左衛門が中心となって人衆制による自治という新しい村の形態が成立し、五人衆、九人衆へと展開していった。三郎左衛門は、真宗の道場（専念坊）の道主として確固たる力を築いたが、その時点で、小沢入道政門は死後百年を経て、平家伝説（源平合戦に擬せられた南北朝の越美国境における合戦）と融合し伝承化されていたのではなかろうか。三郎左衛門は、この伝承に基づいて「温見の開祖平将門の末裔にして」という血統を創出し、マサカド祭の形式を作り上げたのではなかろうか。以後、マサカド祭と人衆自治の歴史（共有林の入会制度）と伝統によって、村は「貧しいうちにも変らぬ安定」を持続させていったのであろうと形谷は述べている。

「貧しいうちにも変らぬ安定」の暮らしとは、西谷の各村落で営まれていた、山峡で畑作と焼畑に従事してヒエやアワを主食とする自給自足の生活である。明治中頃から養蚕、大正の終りか昭和の始め頃に共有林の一部が大和林業や新妻林業に売却され、伐採が始まった。昭和十三年頃から炭焼が行われ、冬場の主要な仕事は木地づくりであった。「明治以前の他村との往来は、熊河峠《くまのこ》からの池田と、冬場の大野や根尾大河原への出稼ぎに限られていた。木地物の搬出は池田からの「牛方ボッカ」が温見や熊河に出入りしていた。」と、峠が人や物が往来する主要な通路であること、生産物を運ぶ人々が「ボッカ」と呼ばれていたこと、共に徳山村と同じである。小倉も『ふる郷大野市五箇地区のあゆみ』で、下打波から朝日前坂を通って石徹白へ抜ける「下打波池ヶ平線」を「最短距離の捷路であり、物荷道（ボッカ道）とも呼ばれ、物資の輸送に使われた。」と記していた。各地の山間の村で、峠を媒体とした経済圏・生活圏が営まれており、山村の風土が築かれていたのである。

形谷が、池端惣左衛門賢一から聞書きをした「昭和のくらし」によると、温見には、日曜祭日などの休日はなく、一年は労働暦で推移し、山仕事や農作業の節目に区長が休日を決めた。正月のご馳走は、ギボシ、ゼンマイ、ウド、豆腐の和え物、塩マス、身欠きニシンを麹で漬けた押寿司。正月の雑煮（醤油仕立て、餅のみ）は一日だけで、二日から普通食に戻る。賢一が子供の頃、祖父の初蔵から、栗、ガヤの実、豆を黒砂糖で炒ったものをお年玉としてお椀に一杯ずつ貰ったという。温見に商店はなく、中島の農協から、身欠きニシン、塩マス、小糠イワシ、塩、砂糖などを買い入れた。普段の主食は米にヒエを混ぜて炊いたヒエ飯であり、朝は飯に味噌汁、冬はニシン漬、昼は飯、味噌汁、煮しめ、晩は粥に野菜を入れた味噌あじの飯という献立である。先の山田さんは、小池に嫁いで米を混ぜないヒエ飯が常食になったが、「まずくてまずくて、なかなか喉を通らなかった」と母に語っていた。子供たちは、正月のみに味わえる甘味が心から待ち遠しく、夢見心地だったろうし、大人たちもありがたさを噛みしめたであろう。夏のカサ祭は、白山神社に大提灯と幟を立てて八月十四日から十七日まで夜通し盆踊りを踊り、宮座を作って会食をする。九月二十二日、二十三日は白山神社の秋祭りの例祭である。夏のカサ祭りと同じく、お宮に踊り場と宮座を作って踊りと会食を楽しむ。二十三日は、巣原、熊河、温見の合同運動会。三年ごとの地区持ち回りで、「子供から老人まで、村中総出のレクリエーション」であった。

形谷の記述からは、ハレとケがはっきりしていた、かつての山村の暮しが髣髴としてくる。それは、共同体が機能し、あなた任せではなく自分達が動くことで地域の社会性が成り立っていた暮しでもあった。

大正三年には、池端賢一の祖父初蔵が、ウワバラを開墾し米作りに成功、水田は共有地として村民に開放された。換金作物としてオウレンの栽培も推奨し、村の振興に尽した。その大正時代は、形谷の調査・考察によると、中島を経由した流通経済と文化的開放によって、温見の近代化が始まった時代である。明治二十二年　西谷村を設置し、中島に村役場を置く。同四十年　巣原小学校温見分校開設。大正十年　西谷村信用販売購買組合設立。昭和十年　西谷村森林組合設立（以上『大野郡誌』による）と、近代的な組織、制度が整えられていく様子が窺える。

戦後はその流れが加速する。大野との間に流通経済が拡大していき、都会の情報の流入によって、村民も経済的豊かさを求めるようになる。形谷は、「九人衆と共有林の規範が日に見えてゆるんでいったのは当然のなりゆきであった。」と述べている。そのような中で、昭和二十八年四月、池端初蔵の長男、兼三郎が山で伐採中に若くして事故死する。指導者を失った中で、村民は離村していく。昭和三十九年の十二月初めには、温見に残っていたのは、池端惣左衛門賢一夫婦、義母、娘の四人のみで、九月には賢一の母と子供たちも既に福井市に出ていた。

村は離村のエネルギーに瓦解した。九人衆は山林の処置について激しく対立し、売却派に対し絶対に売らないという惣左衛門は孤立した。九人衆はじめ村の人々は、これからの見通しがつかない行末に、混乱と動揺の狭間でもがいた。山を下りて住むあてのある者はまだよかったが、多くの人はそんな親戚などなかった。電源開発と異なり、行政の特別の保護も保障もない中での離村であった。

重要な生活圏である山林は、長い間の木地づくりや製炭によって、また伐採によって幼年化してしまった。（略）結局は、「町へ出れば何とかなる、雪深い不便な生活はもういやだ」という思いが、見通しのきかない行末をおしきって、全村の流れになってしまった。この離村は山を下るだけでなく、自らのアイデンテイテイ・そこに生きた伝統と古式のムラを顧みることなく捨てさることとなった。そして村の人々はバラバラになった。

共有林の売却によって足元が崩されていたのは、門入の場合と同じである。昭和四十年の大水害の前に、温見の住民は、電源開発のカヤの外で追い詰められ、方便を町に求めたのだ。収益を得る対象でなければ、その土地を顧みないというのは、現在に至るまでこの国の方針である。賢一夫婦、義母、娘も、昭和三十九年十二月大雪の中、村を下りる。

池端賢一は、「温見は豊かやった、熊河より豊かやったぞ！」と回想する。形谷も、温見は、激しい風雪に閉ざされる冬を「心安らぐ農閑期の冬籠り」に変え、「村の乏しい衣・食・住の生産性」を「乏しい豊かさ」に変える。」と推察している。大西が、廣瀬ゆきえの門入と町での生活から感じ取ったものと通底する感慨を、形谷も述べている。

温見村が廃村においこまれて半世紀が過ぎた。旧温見村の数人の古老は出作りに励んでいる。福井の文化的で快適な生活には、生の実感と活力にどこかもの足りなさを感じている。山での生活は忙しく活力に充ちている。七十を過ぎて尚、昔ながらの山農村の現役である。そこでの生活は不便であるが、古老は人としてたくましく、立ち振舞いは毅然として美しい。町の生活ではみられない姿である。文明の開けの末に村を閉じて離散した村民のうち、離村地で幸福に暮らしている人々も多くいる。しかし出作りに励む古老たちの、人として偽りのない実直な姿のうちに、いいようのない心の影がふっと現われる。

形谷が感じ取った「いいようのない心の影」は、自分たちの代まで守ってきた、土地に根差した暮らしを余儀なく手放した思いであろう。廣瀬ゆきえが大西に絞り出すように語った言葉、「先代が守ってきた財産を、すっかりこと一代で食いつぶしてまった。」に相通じるものがある。形谷も、村を下りる賢一の気持ちを「初蔵の苦労のひとつひとつがありありと浮かんでくる。今確かなことは、もう戻ることはできないということだった。初蔵爺い、すまない。」と想像して語っている。生れ故郷を捨てて戻れない喪失感は、「文化的で快適な生活」で充填することなどできない。生活の基盤と秩序とリズムが、大元から断ち切られたのである。森永も著書の中で、「熊河からここへ来る途中の谷の出会いに、御堂を建てて守っていました。いつもその中には蓑と笠が置いてあって温見を訪ねる旅人のためとのことでした。こんな温かい心を当時の人はもっていました。また一日を費して中島まで散髪にいったこと、小学校の遠足で中島まで歩いた後大野で泊まり三国で海水浴をしたことも話してくれました」（「村の小話」）と記しており、形谷が述べる「乏しい豊かさ」から生れた温見の人々の心の豊かさ、思いやりと、だからこそ、お出かけの思い出が生の時間の深い地点に届き、輝いていたことが窺える。

岐阜県揖斐郡徳山村、福井県大野郡五箇村、福井県大野郡西谷村、いずれも人々は高度経済成長の影で資源を吸い上げられ、その後は自助努力に任され、生まれ育った土地から引き離された。築き上げるためには長い時間がかかるが、崩壊はあっという間である。上打波の「神子《かんこ》踊《おどり》」は、「白山禅定をなし遂げ下山した泰澄大師の労をねぎらって喜び迎えた村人が踊ったといわれる伝承（「阪谷五箇村誌」）が起源ではなかろうか」と小倉が推察する、古くから伝えられてきた踊りである。昭和三十四年九月に福井県指定民俗文化財に指定され、毎年お盆に開催される「おおの城まつり」の櫓で踊られている。しかし、温見の「マサカド祭り」は記録にのみ残る幻の祭礼となった。

長さんやしっかさんや「寿司久」のおかみさんが新しい生活を求めて出てきた大野の街も、往年の賑わいはない。実家のある七間商店街は、亀山城を仰ぐ目抜き通りであったが、あの家もこの家も跡継ぎがおらずに廃業した。花屋、荒物屋、天麩羅屋、洋品屋、麹屋、呉服屋、薬屋、毛糸屋、不動産屋、散髪屋、八百屋、テント屋、ミシン屋、電気屋、靴屋、餅屋、自転車屋、本屋、味噌醤油屋、コピー屋、鶏肉屋、菓子屋、パン屋、小間物屋が軒を連ねていた往時が夢のようである。「七間朝市通り」の旗は街燈に翻るものの、朝市に出る農家もめっきり減ってしまった。母の知り合いの出店者の婦人は、「おそろしいこっちゃ」と洩らしているという。ショーケースのチョコレートサンデーやフルーツパフェに心躍らせた食堂、洋品屋ならぬモダンなセンスが眩しかった洋品店、どの便箋と封筒にしようか迷った文房具店、その前を通るたびに怪しげな気持ちになった映画館等があった三番通りの大野銀座も、入口のアーチが印象的だった五番商店街も、右に同じである。お寺の帰りに祖父が買ってきてくれるアップルパイが楽しみだった、横町商店街の「打波屋」(下打波から出てきた)も看板の跡をうっすらと留めるだけである。かと言って、往年の商店街に代わる新しい中心地ができた訳ではない。手元にある『岩波写真文庫　福井県――新風土記――　１９５７』では、大野市の人口は四万四千とある。この夏帰省して「大野市報」を観たら、表紙に掲載されていた人口は三万一千人である。この六十年間で、四分の一の人口が減少したのである。「平成の大合併」で旧和泉村を合併し、面積は福井県の三分の一を占めているにも関わらず、である。

風土が根こそぎ失われた小さな村の運命は人事ではない。毛細血管が死ねば、その影響はいずれ確実に太い血管に及ぶ。明日は我が身である。かつて、役場へ出る中央の道に集約されない、村と村を繋ぐ県境の峠道があり、それが暮らしの道であった。村の最奥部は、山向こうの隣村から見れば入口であり、重層的に人や物が往来していた。そこから、「たんどう谷」「タンド谷」「ボッカ」という風土に根差した地名や言葉も生れた。廣瀬ゆきえが語る「何かしら動いとらんとあかん。やることが無数にあるんや。」という自分の身体を単位として動く中で営まれていた暮らしがあった。それは、人間が肉体を持つ生き物であることを根底に据えた生き方でもある。

「平成の大合併」は、効率性のみを尺度に各地の小さな町や村の主体性や自立性を奪った。それ以前に、大規模店舗の出店の規制緩和は、小さな商人《あきんど》たちを潰し、経済活動は売上高・消費高・利益率という数値によってのみ測定されるようになった。便利さと物質的豊かさという尺度しか持たない社会は、遅れる・進むという一方向の時間意識で人々を単一の価値観に駆り立てていく。しかし、我々が生きているこの地球自体、自転と公転を繰返し、それが四季の巡りとなり、循環するリズムと秩序で人間の生を根底から支えているのである。かつて、各地に無数にあり消えていった村は、変わらないこと、遅れることが持つ本質の前で立止まれと、無住の山の底から声なき声を響かせている。

参考文献

大西暢夫『ホハレ峠――ダムに沈んだ徳山村　百年の歴史』彩流社　二〇二〇・四

小倉長良『ふる郷大野市五箇地区のあゆみ』二〇一二・二
形谷敏彦『西谷温見ものがたり　昭和の姿と中世の形』（改訂版）二〇一三
森永泰造『ふるさと大野　山里の村ありし日の姿——地図と屋号』二〇〇三・五
『大野のあゆみ　改訂版』改訂版編集委員会／大野市教育委員会編　二〇〇四・七
『岩波写真文庫　福井県——新風土記——　1957』岩波書店

（『北の歴史から』3号　二〇二〇年十一月）

山桜の街角で——後書きに代えて

東日本大震災で、当時住んでいたマンションが大規模半壊となり、ご近所の不動産屋さんや勤務先の同僚、友人の力を借りて、漸く引越しと相成ったマンションのベランダからは、南側がすっかり見渡せた。沈む夕日に昇る月、中景は双葉ヶ丘の森、更に遠くの右手には北山五山の杜が浮島のように見えた。春になると芽吹きが煙り、山桜が一斉に咲く。こんなにも山桜が残っていることを、迂闊にも初めて知った。

ここには七年住んでまた引越しとなるのだが、職場により近くなり、大学の裏に広がる水の森公園を眺めながら歩いて通勤するようになった。公園という名の自然林の四季の移ろいが、日々感じられる。山桜は、青味を帯びたものから赤味が濃いものまで、とりどりの色合いを見せて旺盛に咲き続ける。それは、もくもくという形容がふさわしい景色である。山桜は、通りを隔てた滝道の雑木林にも、マンション裏の木立にも咲く。杜の都は、自然が点在する山桜の街でもあるのだ。

人々のお宅も、海棠、鉄線、菖蒲、躑躅、撫子、紫蘭、薔薇、紫陽花と、四季おりおりの花を絶やさない。黄昏が迫る中、そこここのお宅の窓や門柱が灯り、光眩しい朝とは異なる微妙な陰影が浮び上がる。繁茂した葛と黄土色の塀が薄紫に溶け、ステンドグラス風の凝った表札が五色の光を投げかける。時おり黒猫が路をよぎり、赤猫が門の上から眠たげにこちらを見ている。夕明りと響き合いながら、時間の肌理が伝わって来る。

時間の肌理の感受を重ねていく中で、生きている実感が養われていく。その日その時に刻まれた印象は、一回的なものでありながら、差異の体験としてその人固有の時間を形作っていく。文学は、私の固有性をあなたの固有性に向けて開き、あの日あの時の風景を共有したいと思う時に生まれる。

「I　モダンの街角」は、そのようなあの日の風景を、思いつくままに描いたものである。私の中に根を下ろしている〈昭和〉の表情も現れた。文明開化の明治と地続きで、光と影がくっきりしていた時代、ささやかでも一国一城の主を目指して、人々が汗を流した時代である。時間を遡れば遡るほど、感覚が鮮やかに蘇るのが面白かった。クリスマスのデコレーションカップアイスの件は、階下の炬燵の温みと木の匙の薄くて硬い感触、外の雪の闇の深さと共にある。それは、更に、三歳の時に初めて口にしたであろうアイスクリームというもののミルクの匂いと夏の開け放たれた縁側も引き連れてきた。或る体験は、その時の場面の感覚を伴ってこそ記憶に取り込まれ、忘れがたい情景や体験となる。初めて出会うものでも、身体的記憶を介してそこに内在する自分を感じた時に、その対象は自分の世界になるのであろう。映画、音楽、絵画は、内在する世界を広げてくれる人間の営為であり、さまざまな街角である。

私は、日本近代文学の中でも詩歌の研究を専門にしてきたが、それは、文学に関わる一つの限られた態度である。一つの対象に的を絞ると、その対象を成り立たせている数多のものがこぼれ落ちる。的を絞るから一貫した論理運びも可能になるのだが、関係性の網の目の自覚を失うと自閉し、死んだ論理となる。「Ⅱ　詩の外包」は、専門領域というものに拘らず、詩が連れ出してくれる問題意識を素直に追いかけてみた。犀星の「長い赤いきれ」が上代歌謡の「くれなゐ」のエロスを呼び覚まし、オノマトペを経て昭和歌謡に到り、近代詩に現れた「窓」へ移る展開は、次なる地平がどこで開けるのかも含めて、スリリングであった。小野十三郎の「垂直旅行」という言葉が脳裏をかすめた。「詩の外包」は表題でもある。詩は、外なるものに包まれ、外なるものを包み込んで成立している。両者が固有の地点でバランスを保って表出されたものが一つの作品であり、それぞれの作品なのである。時代に屹立する作品は、包み包まれる懐がずば抜けて深いものなのだろう。同人誌『鬣』での連載を通して、改めてそう思った。人が単独では存在しないように、詩もまたその詩人の、そして詩というジャンルの内部で完結はしない。多層的な関係性の中で葛藤しつつ、想像力と共鳴によって自分と外なるものの繋ぎ目を紡ぎ続ける人間の姿を、詩は差し出してくれる。

「Ⅲ　見えてくるもの」は、包み包まれる関係性の中で文字通り見えてくるものであり、『鬣』以外の雑誌に掲載されたものである。庄野潤三文学の静謐さが語るもの、木下夕爾の作品が映し出すもの、仙台狛犬とふるさと越前大野を繋ぐもの、ダム造成のために離村を余儀なくされた一人の女性の人生が遺したものである。個の力を超えて押し寄せてくる諸々の強大な力に対して、人はどのように自分の生を全うするのか、また、暮しに馴染んでいるものが如何に遥かな時空を孕んでいるのか、生き抜く姿と生きる空間の密度が見えてくる。

研究という文体では書けなかったものを収めたのが、本書である。大学の研究者生活も三十年になるが、選択定年制を活用して、一足早くこの三月を以て退職することにした。ここに書いたものは、研究者生活の持続の中で見えてきたものでもある。大震災を経て、今度はコロナ下の生活に耐える中で、山桜から山藤へ、山藤から山法師の白い花へ、黒ずんだ深い緑陰へと、大学を囲む森の四季は巡り、人々は灯りを点して夕餉の卓に着く。この街を流れる穏やかな時間に育まれたものの大きさを思う。春になるとこの地を去るが、これからも、私の内外を流れ、交わる時間の肌理と陰影を見つめていきたい。

研究者としての場を与えてくれた宮城学院女子大学、触発と刺激を受けている同人誌『鬣』、私を支えてくださっている方々、遠くからいつも見守ってくれる母と姉、今回も出版をお引き受けくださり、研究者生活を伴走してくださった翰林書房の今井肇・静江御夫妻に、心からありがとうございますと申し上げる。

二〇二一年八月

九里　順子

【著者略歴】
九里順子（くのり・じゅんこ）
1962年、福井県大野市に生れる。1992年3月、北海道大学大学院文学研究科国文学専攻博士後期課程単位取得退学。博士（文学）。
宮城学院女子大学学芸学部教授。専攻は日本近代文学（詩歌）。
『鬣』同人。
著書『明治詩史論――透谷・羽衣・敏を視座として――』（和泉書院　2006年3月）
『室生犀星の詩法』（翰林書房　2013年7月）
『詩人・木下夕爾』（翰林書房　2020年7月、第23回小野十三郎賞詩評論書部門特別奨励賞）
句集『静物』（邑書林　2013年7月）
句集『風景』（邑書林　2016年9月）
『文化における〈風景〉』（翰林書房　2016年7月、共著）
『ノスタルジーとは何か』（翰林書房　2018年9月、共著）
『〈往還〉の諸相』（翰林書房　2021年7月、共著）

詩の外包

発行日	2021年12月10日　初版第一刷
著　者	九里順子
発行人	今井　肇
発行所	翰林書房
	〒151-0071 東京都渋谷区本町1-4-16
	電 話　(03)6276-0633
	FAX　(03)6276-0634
	http://www.kanrin.co.jp/
	Eメール●Kanrin@nifty.com
装　釘	須藤康子＋島津デザイン事務所
印刷・製本	メデューム

日本音楽著作権協会（出）許諾第211104040－01号

落丁・乱丁本はお取替えいたします

ISBN978-4-87737-465-5